我深深吸入西班牙小镇独特的空气——混合着咖啡的香味，背起行李，往家的方向走去。

克里斯·斯图尔特

橘树下一辆50高龄的麦塞弗格森135拖拉机

狗群狂吠不止，山谷里一只狐狸在召唤。

在『创世纪乐团』

立于这颗星球上的一隅，群山环抱，河流相伴，青翠如绿洲，苍穹一览无余。

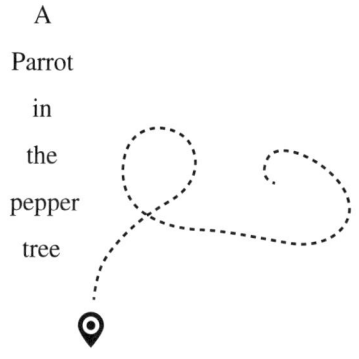

A
Parrot
in
the
pepper
tree

胡椒树上的鹦鹉

[英] 克里斯·斯图尔特——著　　蔡越先——译

光明日报出版社

图书在版编目（CIP）数据

胡椒树上的鹦鹉／(英) 斯图尔特著；蔡越先译.
-- 北京：光明日报出版社，2016.6
书名原文：A Parrot in the Pepper Tree
ISBN 978-7-5194-0547-2

Ⅰ．①胡… Ⅱ．①斯… ②蔡… Ⅲ．①长篇小说 - 英国 - 现代 Ⅳ．①I561.45

中国版本图书馆CIP数据核字 (2016) 第078403号

版权登记号：01-2016-3923

胡椒树上的鹦鹉

著　者：【英】克里斯·斯图尔特		译　者：蔡越先	

策　　划：双螺旋文化
责任编辑：黄海龙　　　　　　　　责任校对：傅泉泽
装帧设计：三形三色　　　　　　　责任印制：曹　诤
特约编辑：唐　浒　杨　磊　　　　特约技术编辑：张雅琴　杨　骏　黄鲁西

出版发行：光明日报出版社
地　　址：北京市东城区珠市口东大街5号，100062
电　　话：010-67078248（咨询），67078870（发行），67019571（邮购）
　　　　　010-63497501、63370061（团购）
传　　真：010-67078227，67078255
网　　址：http://book.gmw.cn
邮　　箱：gmcbs@gmw.cn
法律顾问：北京德恒律师事务所龚柳方律师

印　　刷：北京中印联印务有限公司
装　　订：北京中印联印务有限公司
本书如有破损、缺页、装订错误，请与本社联系调换

开　　本：889×1230　1/32
字　　数：120千字　　　　　　　　印　　张：9.875
版　　次：2016年8月第1版　　　　印　　次：2016年8月第1次印刷
书　　号：ISBN 978-7-5194-0547-2

定　　价：35.00元

： 目 录

Centents

A
parrot
in the
pepper tree

冰 上 行 车

深夜，我尚在旅途，驱车沿一条冰雪隧道般的公路前行。旅程已持续了6个小时，前方通往风雪弥漫的瑞典北部森林。我弓背伏在方向盘上，两眼木然直视，四肢早已僵硬。车灯黯淡的光束里闪过松树与雪花，单调如一。车外零下25度，天寒地冻，风雪猛烈拍击着车身。一番徒劳挣扎之后，一只车前灯最终不敌，败下阵来，独留同伴勉强支撑，却也已奄奄一息，光线苍白无力。仪表盘闪烁着模糊的绿色光晕。除此之外，黑暗无边无际。方才的一个多小时里，不曾有一辆车通过，树林中也不见一处灯火的微光——瑞典乡村有个极富人情味的温馨传统，漫漫长夜，他们会在窗边点亮一盏灯，鼓舞往来的旅者。然而，沿途数公里，夜空墨色浓重，冰冷彻骨。我如茧中之蚕，蜷缩在这辆租来的沃尔沃里，空气憋闷。我意识到，自己与同伴渐趋渐远——当初确实不曾料到。

收音机已沦为鸡肋。好歹搜寻到的惟一一家电台正一心一意地播放风琴与提琴舞曲，那种暗藏轻快的演奏令人恍若置身一条广受宠爱的小狗的葬礼。我略感沮丧，转而练习汉语普通话，力图保持清醒。汉语学习我已用功多年，深知独自高声诵读数字是掌握发音技巧的捷径。"yi，er，san，si，wu……"如此一来，我不再耿耿于眼下近乎荒诞的孤立无援之境。每数到100左右，我便放任思绪跳回西班牙的家中：阳光洒向一排排橘树和柠檬树；我和妻子安娜平躺在草地上，眯起眼睛透过树叶仰望天空；我们的女儿克洛艾在逗狗嬉戏，奋力掷出木棍……顷刻之间，思念排山倒海般侵袭而来。于是，我只好又重新念诵："yi, er, san, si, wu……"

第三遍依次数到60多时，汽车引擎开始出现异常——每隔几分钟，平稳的轰鸣突变为一连串刺耳的噪音与震颤声，随即车体剧烈晃动，疯狂战栗一气。继而，一切归复平静，轰鸣如初。

此时，我脑中不由自主地浮现自己冻死路边的场景，栩栩如生。毕竟车外零下25度，滴水成冰。车内的余温会在10分钟内消失殆尽——这仅够我从包里扯出全部衣物悉数包裹上身，再盖上帆布与羊皮制成的庞大外套（20英镑购自瑞典军队剩余物资），套上巨型手套和羊毛帽。全副武装后，身体的热量能保持约半小时。随后，经由自然界的热传导效应，浩瀚无边的冷空气会侵占这具微小的温热之躯，然后将其彻底击溃。上蹿下跳或原地跑步都无济于事——即便如此，星星点点的暖意也仅能延缓片刻。不过，我曾在哪里读到，当下的境况中任何行为都应适可而止，过犹不及。然而何为"适"，何为"过"，我却无论如何也记不起来了。

幸而引擎再度侥幸脱险，汽车继续轰鸣。我亲昵地轻抚仪表盘，以示鼓励，愿它摆脱困境，载着我一路向前飞驰，顺利抵达诺尔斯科格农庄——此行的目的地，距这片森林仍有数小时行程。

❦

前一日傍晚，我从哥本哈根码头外的维克车店租来这辆车。当时，维克盯着我，目光穿透厚玻璃眼镜片，一团香烟雾缭绕不散。"随你挑……"他开口道，漫不经心地往外一指，"喏，那边。"那边俨然成了废品丢弃场。我出门查看。寒风凛冽，自厄勒海峡呼啸而来，冰冷刺骨。眼前，破旧老爷车四下横卧，惨状毕现，有些轮胎凹瘪，佝偻蜷缩；有些引擎罩不翼而飞，引擎袒露无遗，油迹斑斑，积雪层层。这些车也曾身处体面优裕之家，忠心耿耿，如今垂垂暮矣，流落至此，为我们这些难以承受正规出租汽车价格的人发挥余热。说实话，维克车店确实独具魅力。这里如同失宠老马的庇护所，几张微薄的钞票就能牵一匹出来骑一骑。我挑了一辆水草绿的沃尔沃，付了少许订金，把全部家当扔进后备箱，沿着漫漫长路直奔瑞典北部而去。

那里冬日阴冷灰暗，我将通过在农场劳作赚钱度过一个月。这之后，今年余下的时日里，我们安达卢西亚的小家与农庄都衣食无忧。上天似乎注定我必须接受一年一度的炼狱之旅。我们农庄地处西班牙山区，生活费用低廉，收成足够填饱肚皮，也少有账单或开支。不过，正因如此，我们也极难获得金钱收入，家庭危机百出，常常措手不及，诸如发电机与瓦斯冰箱罢工，一头野猪损毁了我们新装的铁栅栏，克洛艾心爱的一只弗拉门戈舞鞋被狗扯成了碎布条……总而言之，瑞典之旅势在必行。

向着诺尔斯科格行驶的途中，我思绪联翩。每一年，我都会以别出心裁的方式挣得现金。而今年，有了新的机遇。我尝试记录我们农庄的生活点滴，把这些故事寄给了伦敦出版界的朋友。不知那份手写稿会经历怎样的命运——或许羊与狗的篇幅过长了些。我任由自己在白日梦中恣意徜徉（倘若瑞典昏天黑地的下午也能称作"白日"），幻想着一份出版合同与支票收入囊中。同时，我睁大惺忪的双眼，警惕着与麋鹿的"不期而遇"。

麋鹿是瑞典公路上的一大"杀手",冷不丁就会从树丛后跳窜而出,径直冲向车前——毕竟瑞典森林里麋鹿可谓无所不在——不过几秒钟,迅雷不及掩耳之间,已然来不及了。如果不走运,车从下方撞上了麋鹿腿,这一庞然大物会在瞬间化身为一头戴着鹿角的剽悍巨马,风驰电掣,一跃而上,飞越引擎罩,穿透挡风玻璃,闯入车厢奔你而来。

这场亲密接触的结局必定玉石俱焚。急驰的钢铁车体重达一吨,可怜的麋鹿怎堪如此猛烈冲撞;而你系着安全带动弹不得,麋鹿每一下垂死的挣扎都会给予你的膝盖致命的痛击。倘若此时你已踩下刹车,麋鹿能撞飞汽车的整个上部,连同车里的人……瑞典人想方设法避免此类悲剧,他们在高速公路沿途竖立高大防护栏,安装麋鹿警示灯,向森林中反射车灯光线。然而每年仍会发生数百起事故。

我摸索出一个"避鹿秘诀",自认为行之有效。盯住一辆速度相仿的大卡车,尾随其后,紧追不舍。自然,如此一来,卡车后轮下飞扬的尘土就会扑面而来,而一旦卡车司机不期然地紧急刹车,你却猝不及防,那么巨型卡车便会猛然冲破挡风玻璃——而不是麋鹿了……不过,与其不停扫视森林与公路边缘的黑暗区域,提心吊胆地察看动静,提防麋鹿出没,两相权衡,我的方法倒更轻松些。

正是为了防备麋鹿，我才选择了维克车店的沃尔沃。说来话长，沃尔沃曾经在汽车市场惨遭"滑铁卢"，成为日产汽车的手下败将。为了雪耻，沃尔沃大发广告攻势，在瑞典各处竖起广告牌：一辆满载日本人的日产汽车上，人人面露惊恐之色，车前隐约浮现一头巨型公麋鹿，上书"沃尔沃，理所当然之选——日本可没麋鹿！"

森林无边无际，黑暗漫无止境，终于抵达沿途的第一个小镇诺尔雪平。我停车吃了份微波加热的肉饼，打电话给行程计划上的第一家农场。农场所在的小岛往北约500公里。

农场主在电话中告知："海水已经结冰，你可以开车跨海。不过，别离海岸太近，海边芦苇一带冰面很薄。我会在路旁的桦树上挂一只红桶，你就在那儿拐弯。"

听着这话，我有点摸不着头脑，不过仍然爽快答道："没问题！"

加足马力，这辆老爷车离开小镇，驶入街灯外那片广袤无边的黑暗之中，夜幕如同大海般将我卷裹其间。加热器嗡嗡作响，车内空气憋闷但暖意融融。随后的几个小时，引擎顺利运转。我逐渐放松下来，周身温暖舒畅，轻微的倦意袭来。我左扭右拧，让身体更适意地陷入座椅。这时，引擎骤然熄火，车体急剧震颤，随即重新点火再次发动，噗噗几声后又归于沉寂。我的血液瞬间凝固，四肢虚弱无力。

走出车外，雪还在下。密密的雪花簌簌坠落，打破了厚重的静谧。万籁俱寂，我甚至听见血液汩汩流过毛细血管，心脏有节奏地怦怦跳动，大脑里神经元发出细微的嗡响。

这时，汽车再次吱吱嘎嘎响起来，可能金属温度下降后机器恢复正常。我在这幻境般悄然无声的世界里屏息静气，呆立了约1分钟，终究抵御不了逼人的寒意，又钻了回去。看来只要给几分钟降降温，车还会再次启动。我坐在方向盘后，傻张着嘴，看着积雪微微泛着白光，鹅毛般的雪花纷纷落下。几分钟后，汽车彻底冷却，车内暖意烟消云散。试着发动，引擎点着了。我打开车前灯，汽车颠簸，沿着公路行驶起来。

车急躁地向前飞奔，倒并非借助暴风雪之力——暴风雪会造成可怕的催眠效应。雪花在眼前飞旋，形成涡状通道，你很难把视线移开。我有点不寒而栗。手头的地图上显示前方20公里处有座小镇，于是，我提心吊胆地继续前行，只盼到那里后一切都将迎刃而解。

拐入阿布洛镇时已是深夜11点，家家户户似乎早已呼呼大睡。惟一一家比萨店也已打烊，只有路灯撒下一束束光亮。我在后街小巷转悠，车轮嘎嘎作响。借着微光，我看见一块招牌上的"旅馆"字样。

我停车按响了门铃，等待着，冻得瑟瑟发抖。漫天雪花从夜空沉沉压下。沃尔沃在身边轰鸣。我再次按响了门铃，仍然毫无动静，既没亮灯也没有一丝声响。最终，楼上打开了一扇窗户。

一个中年妇女不悦而冷淡的声音传来："怎么了？什么事？"

"嗯……请问这是家旅馆吧？"

"没错！"

"是这样的，我的车出故障了，能不能让我在这儿过一夜，感激不尽！"

"不行，我们没有övernattning。"

"没有övernattning？什么意思？"

"意思就是没有övernattning！"

"这不是家旅馆吗？"

"没错，是旅馆。"

"既然是旅馆，为什么我不能在这儿过夜？"

"是旅馆没错，但你不能在这儿过夜，因为我们没övernattning！"她断然重复道，然后砰地关上了窗户，大约认为事情已经完满解决。我高声呼喊，说我没其他地方可过夜，如果我冻死街头那全都拜她所赐。我在大雪里几近咆哮，然而，依然没能打动旅馆主人的怜悯之心，她仍不打算收留一位此刻满腔怨气、孤立无援的外国人，因为有所谓的 övernattning 的破规矩。顺带说一句，这个词的意思是留宿一晚。

半个小时前，我以为境况已跌至谷底，未曾想与眼下的绝望相比，不过小巫见大巫。漫漫寒夜，何等难熬，而我别无他法，只得接受冷酷的现实，睡在汽车后座上。车就停在这家可恶的旅馆外，彻夜转动引擎，既为取暖也是故意吵扰旅馆的老巫婆。这一夜，我可能窒息而死，也可能冻成冰棍。无论怎样，至少第二天早上旅馆门前会留下难以收拾的残局——一辆破车和一具冻僵的尸体。

包裹严实，加盖了多层衣物，覆上羊皮大衣后躺下。我满腔怒火，满心怨气，牙齿咯咯打战。尽管如此，不一会儿，我便沉入梦乡。醒来已是凌晨时分，引擎还在闷响，加热器仍然轰鸣——我还活着。我欣喜万分，深吸一口气，感觉鼻孔里的绒毛似乎已经冻住，蜷缩起来，可真够冷的！

❧❧❧❧

启程离开小镇时我仍然怒火未消，抱怨不止。这家荒唐旅馆究竟提供什么服务？满足怎样的邪恶目的？闻所未闻……那么，估计他们是来此豪饮一番，温文尔雅地坐下点一品脱啤酒，或者作默默沉思状随性地品尝一瓶葡萄酒，在瑞典乡下这简直是天方夜谭。入乡随俗，你最好把一瓶伏特加或者便宜威士忌不露声色地藏在棕色纸袋里，大口痛饮。看来，这家所谓的"旅馆"应该是酒馆才对。到此，我的疑虑全消。

　　不到一个小时，机械修理师马茨来到。那时，我的怨气早已一扫而空。马茨体格魁梧，胡须浓密，眼神和蔼。他帮我把车推进村庄交界处的工作间，查明问题所在，握着螺丝刀与扳钳埋头干活。他的妻子给我端来热气腾腾的茶。半个小时后，车修好了。我问他该付多少钱，心里不免捏着把汗，因为在瑞典任何修理费都是天文数字。

　　"嗯？噢，没事！"他强调，"我年轻的时候也跟你一样，只身上路。不管怎么说，有机会帮外国旅行者摆脱困境，我也很高兴。毕竟来这里的外国旅行者并不多。"我坚持付钱，他仍然拒绝。马达轰鸣，车驶入森林后，他仍在愉快地向我挥手告别。估计像马茨这样的瑞典人，在冷藏车里过夜都没问题。

　　处境好转，我也悠然欣赏起瑞典如画一般的风景来。云层消散，太阳缓缓升起，低垂在天边，天空呈现冰冷的蓝，雪在枝头闪闪发亮。一脉田园风光的尽头，海水凝结，洁白无瑕，雪花纷纷落下。我认出挂在银色桦树枝条上的那只红桶，随后转向一条森林中的羊肠小道。淡白的阳光洒下点点斑驳的光影，小道尽头是一个小码头，积雪深厚。这条小道显然在码头边滑下海岸，伸入海中。数公里外，几座岛屿苍松覆盖，在炫目的白色海洋映衬下显得黑暗幽深。轮胎轧过新落下的雪，嘎吱作响，我小心翼翼地减慢速度，开下海岸，沿着冰面上的浮标标记，横穿大海。车身每一次颠簸、每一声异响都让我心惊胆战。

我暗自思忖："万一掉下冰窟怎么办？"毫无疑问，汽车一旦陷入冰冻的海水，就成了一块无用的小积木。假设果真挣脱出来，游向冰面（谈何容易），还必须摸索着爬出厚厚的冰墙——记得没错的话，这个动作缺了冰镐的辅助根本无法完成——一手握一只冰镐，牢牢抓紧冰块，才能把自己拖出冰窟。即便手头碰巧有把冰镐，且力大无穷，成功脱离险境，接下来也只能独坐在冰封的海洋之上，浑身透湿，等待救援，这又能坚持多久？

我沿着一路浮标谨慎地往前行驶，脑中盘旋着这些灰暗念头。这时，我看见一个黄色小型物体离开岛屿奔我而来，看上去像一只玩具货车。它迅速变大，膨胀成庞然大物，在飞雪中疾驰。司机叼着烟蒂，愉快地冲我咧嘴一笑，卡车满载家具。我略感宽心，随即又有点担心卡车的巨重会不会压碎前方的坚冰。

不可思议，哪一天开始冰面不再坚硬，不能承载一辆满载家具的卡车过海，这一点当地人如何得知呢？不过，无论如何，我运气不错，不久就开到岛屿边缘的黄色芦苇前。我停下车，蹑手蹑脚地踏上冰面。回头望去，那辆卡车消失在一片白茫茫之中。

熄灭引擎，顿时四下寂静无声。我再次沉浸在瑞典冬天匪夷所思的无声世界里。没有风，即便有，也无力吹动压满沉沉积雪的树枝；没有鸟鸣，海如冰窖，悄无声息，惟能听见自己的呼吸。

突如其来的一阵滑雪车声打断了杂乱的思绪。一位农夫出现在树丛中，身穿橘色工装服，头戴绒线帽。他下车一步一滑地朝我走来。"喂，你好！"他语调低沉，"欢迎你来努尔伯。"他面无表情地盯着雪地，费了半天劲脱下右手的手套，继而，伸出一只粉白的手。"比约恩。"他咕哝道。我握了一下，他迅速缩回去。

"克里斯。"我说。

他重复道："欢迎你来努尔伯。"

"谢谢。"我回应道，避免冷场的尴尬——尽管似乎已无话可说。

比约恩30岁上下，白白胖胖，神色忧郁。看来沉默比聊天更让他感觉自在。不过，我们四目相对时，他还是勉强挤出一个笑容，在神情淡漠的面孔上一闪而过。我笑脸相迎，不过对他而言似乎热情过头了。他移开目光，拿手套遮住嘴巴无声地咳嗽起来。

我们相对无言，但气氛友善。两人默默地将我的行李装入滑雪车后拽着的拖车上，车在冰面上飞速掠过，向着海岸疾驰而去。一栋黄色大房子，半石半木结构，掩映在苍松间。看得出，新近粉刷过，只是木工活显然欠细致，算不上瑞典通常的完美住宅。不过瑞典谚语说得好："一个脏兮兮的小窝总好过一尘不染的地狱。"

驶过农舍，在一片桦木林里迂回前行，我们到达羊群的栖息所。这座羊棚似乎是旧时的大教堂，全木结构，庞大笨重，红色墙板已经褪色，横梁也已腐朽不堪。里面传出羊群的咩咩声，估计有百余头，听上去如庞大蜂群的嗡鸣。

比约恩握着铁锹，娴熟地敲击数下，雪堆后出现一扇小木门。接着他用刀割断门上绑着的绳子，用力踹了一脚。门"吱呀"一声打开了一条缝隙，我们侧身挤入。霎时，羊叫声震耳欲聋，羊毛的湿气、干草的霉味与羊粪的熏臭交织混杂，扑鼻而来。

细碎的光线透过木板裂缝与积满灰尘的窗户渗入室内。我渐渐适应了四周的昏暗，眼前的情景令人郁闷。成群肮脏的黑绵羊，脊背上方散发出团团雾气，雾气凝聚成硕大一朵臭烘烘的云。置身其中，恍惚以为还有许多绵羊浮在半空。绵羊在木板房里随意游荡，一条木板搭成的小道通往巨穴似的地窖羊圈。满屋干草垛与青贮饲料堆积成山，发出恶臭，有些绵羊爬上去，有些绵羊钻进去，如同饼干里的象鼻虫。

"有点儿乱啊，嗯，比约恩？"我小声嘟哝，用词含蓄，底气不足。我即将面对在瑞典打零工十年来最为残酷可怕的一项工作。

比约恩略显颓丧。他低下头，睫毛在脸颊上扫过，双手轻轻拧在一起。

"你也知道，今年年景不好。"他低声说。

"的确。比约恩，这些绵羊脏得不像话了。不过，放心吧，下午开始干活，几天他们就旧貌换新颜啦！"

他咧嘴一笑，说："嗯，就这样。我们去吃点东西吧。"

嘿，我对比约恩印象不错。

比约恩的父母托尔德与米娅在厨房里等着我们。从牲口棚来到厨房，俨然进入一片洁净多彩的新天地。自然，这里是米娅的管辖领域。大木头餐桌上，肉桂小圆面包与咖啡的温暖香气从盘子里飘散而来。

"来吧，吃点东西。"米娅声调抑扬悦耳，说着"咚咚"

走回烤箱，躬身撅臀，取出另一盘小圆面包。直起身来时，她面带些许犹豫。

"我们盼着你能留下来。"她补充道，匆匆瞥了一眼她的丈夫，仿佛催促他接下话茬。托尔德完全是大一号的比约恩，身材更为高胖，肤色更白。他对我爽朗一笑，似乎不愿开口，接着又吞下一只小面包，然后示意我也这么做。

"谢谢，小圆面包味道不错。"我大加赞赏。确实，面包不错，肉桂与糖都够味，只是从北到南我在瑞典乡村任何一天尝到的小面包与此并无二致。

"确实……"托尔德表示同意，又指了指咖啡壶。

"咖啡也不错！"我点评道，略带些不诚恳——热了又热的咖啡令我难以下咽。不过，现在可不是试探沟通的好时机。

我用眼神示意比约恩。他点点头。我们起身离开餐桌，回到羊圈。我在牲口棚换了身冰冷的工作服，布满油渍。比约恩在安装水银灯，我把机器挂在角落。现在不过下午两点半，太阳却飞快地落山了。破落肮脏的黑绵羊围绕着我们，旁若无人地咀嚼不停。水银灯组装完毕，全功率运转，青白的灯光倾泻而出，打在我身上，感觉如同先锋戏剧舞台上的演员。比约恩消失在黑暗中，回来时手里多了一只绵羊——今天的首个任务。我拽动了发动机的绳索。

＊＊＊＊＊

　　忙完工作，与比约恩一起步履沉重地穿过冰冷的院子。靴子踩在雪地里，咯吱作响，我估摸着外面有零下十度，甚至更低。比约恩用力推开农舍大门，我们挤进一堆臭烘烘的靴子与工作服中，脱去外套，穿着羊毛袜啪哒啪哒地走进明亮的厨房。托尔德看见我们，再次爽朗一笑，递给我一瓶低度啤酒和一只淡粉色的塑料杯。

　　"感谢属于你。"我以古怪的瑞典式感谢语回应道。

　　托尔德看我漫不经心地喝着啤酒，说道："今晚我们要去诺尔斯科格农场每周学习会。"他猜想我会很感兴趣，所以邀请我不妨同去参加活动。听完，我心里盘算起如何婉拒。这自然不会是趟野外夜游，不过眼前随即浮现我们四人围坐餐桌边，喝着低度啤酒耐着性子打发我来此地的第一晚时光，餐桌上一堆肉桂小圆面包逐渐减少……我起身取外套。

　　托尔德开车在冰雪路面上飞速滑行，前往一片林中空地上的村公所。中途停车接了恩斯特。恩斯特是学习会会长，住在路边的一栋小红屋里。他身材矮小但体格结实，嘴唇薄而略歪。托尔德对他毕恭毕敬。到村公所后，托尔德领我穿过减压舱般厚重的双层大门进入屋内。温暖如春，灯火通明，高大魁

梧的身影三五成群。大家穿着羊毛衬衫，头戴棒球帽，边喝着
纸杯里的果汁边漫无目的地来回走动。他们常年独自带着电锯
深入林中干活，当雪在窗下堆积成山，便回到昏暗的牲口棚与
豢养的猪亲密聊天。他们不善言吐，拙于寒暄，聊天常常会出
现冷场。托尔德与恩斯特走进来，屋内一下子鸦雀无声，众人
舒了口气。

我们穿过屋子，恩斯特招呼道："大家好!"众人一阵局
促，纷纷低下头盯着自己的靴子，一时间不知如何是好。"恩
斯特，你好! "有人鼓起勇气，含混地回应一句。"你好，你
好，你好……"轻轻的附和声四起。毫无疑问，恩斯特主持大
局，恩斯特开口时众人洗耳恭听，仅此而已。他吐出的每个字
他们都全盘接受，这样一来，他们可以心安理得地保持沉默。
这个团体全靠恩斯特的嘴皮子维系。

"今晚，一位英国人来到我们这里，"恩斯特宣布，"他
将告诉我们英国农业的相关情况。"

"见鬼! 恩斯特，我哪知道……"我语无伦次，脱口而
出。我的话随即被一阵零落的掌声淹没。我俯视着这片倒扣棒
球帽之海——嗯，至少有20顶——开口了。

"呃，各位晚上好……"

有一两个声音回应道："晚上好。"

继而，沉默。

"我确实不太在行，"我硬着头皮说道，试图拖延时间，"我不太了解农业技术，甚至基础知识也懂得不多，什么干物质的转换率、补偿津贴之类……我可以……嗯……大概可以解答农畜产品方面的一些疑问。"

一顶顶棒球帽满心期待看着我，无人打破沉默。看得出，他们习以为常。最终，恩斯特打破僵局。"克里伊斯（克里斯的瑞典语发音，意为耶稣在瑞典），"他说道，"给我们讲讲，英国市场上的奶牛有多大？"

所有的帽子不约而同地点头。这一现象估计会引发全球关注，成为炙手可热的研究课题。英国市场上出售的牛有多大，我完全没有概念。我尽力想象：一头奶牛，运到市场上待售的大胖牛。嗯，奶牛……巨大，头颅笨重，腹部沉沉垂下。我飞快地心算了一下。

"嗯，我估计有几吨重吧。"

帽子全体倒抽一口气，随即爆发一阵闹哄哄的喃喃自语。显然，我抛出的数字错得离谱。

"当然，"我匆忙补充，"那可能是特别巨大的——那真是相当大。普通的，我估计，大约在1.5吨左右。"

一言激起更多惊呼声，似在质疑。我已坠入深渊。

"当然，多数都会小一点……有些可能只有1吨左右——小牛崽子，那是。"

情形越发不可收拾。最终，那一晚，会议结束那一刻，我完全重塑了英格兰——神奇的物种聚居，体型匪夷所思；不可思议的各类农作物遍地，产量惊人。

后来，坐在回去的车里，比约恩打破了浓重的沉默。"克里伊斯，没什么，"他说，"人们总是过分强调眼睛看到的一切。"

短暂的沉默。

"你说得……挺好，嗯……很不寻常，打开了我们眼界。"

"比约恩，"我苦笑一声，"一头奶牛重2吨？痴人说梦……这可是普通奶牛的3倍啊！他们肯定认为我是个彻彻底底的白痴。"

"谁知道呢，"托尔德在我身后说，声音里有一丝异样的兴奋，"反正你也不用去替它们清扫粪便！"

❀❀❀

在努尔伯度过的这一周，我越来越喜欢比约恩。每天，我们一起待在昏暗的羊圈里干活，已经很有默契。有几个夜晚，我们在月光下的海面滑雪；还曾参加过当地的一场舞会，我们斜倚在一堵墙边，躲在阴影里，抱着藏在棕色纸袋里的可口可乐瓶，边观察女孩子们边大口灌下威士忌。

一日，比约恩宣布："估计只剩4只了。"听到这话，怜惜之情霎时潮水般涌上心头。当4只绵羊变成15只，甚至更多的藏在阴影里，我可怜的朋友又得在此继续忍受。我们走向羊圈的木门，太阳露脸，阳光透过剥落墙体上的缝隙，在屋内落下细针般的光柱，照亮几只光秃秃的羊滚圆的腹部与呼吸蒸腾起的热气。比约恩审视着他的羊群，如释重负般，脱去手套，握住了我的手，非常正式。"感激属于你。"他说。

第二天一早，我把全部家当重新绑上车，掉头过海，继续上路，穿过麋鹿出没的森林，前往其他农场。

如往年一样，旅程持续一个月，离家遥远，在黑暗中打发大部分时间，在路途中，或者与羊共度。某日，某个农场，我收到家里寄来的一封信，为此番出行增添了亮点。克洛艾用西班牙语为我写了首诗，还配了张公主图画；安娜的信则精彩诙谐，告知一个意外的好消息。

我记下的那些农庄故事，伦敦出版界的朋友似乎认定是可琢之玉，他们甚至寄来了预付款，如此我便可以专心埋头写作。"做好准备哦，你可要成为畅销书作家啦！"信中，安娜嘲笑道，"你只要卖上几卡车书就再也不用去瑞典工作了。"

我满心憧憬，开怀大笑。这副傻乎乎的模样好似英格兰草场上的一头巨型奶牛。

A
parrot
in the
pepper tree

柠檬盛宴

汽车抵达乡村小镇奥尔希瓦——西阿尔普哈拉斯的中心城镇。我跳下车，眯起眼睛，冲进灿烂的四月阳光里。离别一个月，连脏兮兮的汽车站都看起来明艳欢快，生气勃勃。一侧是淡绿色的眼镜店，另一侧是红白相间的超市，两面夹击之下，鲜艳的彩色塑料袋随风飞起，绕着带轮垃圾箱飘荡。我深深吸入西班牙小镇独特的空气——混合着咖啡、大蒜与深色烟草的香味，背起行李，往家的方向走去。旅程即将结束，这是最后一段路途，通常我总爱步行，仿佛如此一来平添几分传奇感。而欣赏一路田园风光，倾听各种美妙声响，也不失为乐事一桩。大约走上半小时才能到家，途中总会碰见熟人，停步聊上几句。

穿过里奥塞科河的涓涓细流，大步跨入维加——小镇周边种植橄榄、橘树与蔬菜的田地，随即走上通往提克拉斯 (发音像英语中的

"挠痒痒")的路。小径在溪壑间蜿蜒，在山峦中起伏。丛丛青草冒出嫩芽，簇簇酢浆草绽放明艳黄花，路面踩上去松软舒适。橘树与柠檬树的深色叶片间挂着灿烂的果实，有些坠下地面，滚到路上来。村头的房屋刚映入眼帘，趴在温煦路面上的狗便猛然惊醒，冲我狂吠不止。

"再见！"一蓬蓬天竺葵与玛格丽特枝繁叶茂，从院子里的旧油漆罐中伸展出来，一位本村的农妇探出身来注视着我。"再见！"我举起手臂打招呼。"再见，再见！"这是本地问候过路人的标准用语。你朝某人走去，却冲他说"再见"，似乎有点不合情理。不过你脚步不停，两人擦肩而过，所以逻辑上还是成立的。

离开提克拉斯，拐入一条乱石间的小路，穿过灌木丛，爬上我们山谷边的山脉。山顶上，我卸下包裹，坐在一块暖洋洋的岩石上回望维加。一块块平坦的田野缀成一片，每块颜色、质地不一，在山脚下绵延至远方。没有风，一缕蓝色轻烟袅袅升起，银带般的水流迂回穿梭于田野中，在阳光下闪闪发亮。我想起瑞典的阴暗松林，枝叶上积雪沉沉，不堪重负……我不由得开怀大笑，心满意足。随后，我站起身，背上行囊，继续剩下的山路。

尘土飞扬，河流咆哮着自远处山下的峡谷奔泻而来。一路上，自己沉重的脚步声是惟一的声响。继续徒步几分钟到达岩石的隘口，从这里可以看到埃尔巴莱罗，久违的家终于展现在眼前，在河流的另一边，渺小而遥远。路旁一棵巨大的桉树遮住了房屋，不过看得见河岸田地里的苜蓿，而灌溉渠（一种摩尔式的灌溉渠，沿着山坡将河水引流至农庄）下，层层梯田水波盈盈，绿意盎然。登至更高处，我认出灌木丛中走动的绵羊，附近站着我的马，名叫洛拉，缰绳拴在河床上，尾巴不停地驱赶着苍蝇。

走到道路拐弯处的那棵枯杏树边，我自言自语："就快到家啦！"通常，旅行者们会按喇叭或者高声呼喊宣布他们的到来。我拢起手圈在嘴边，开始呼喊。声音并不大，不过这些年来，我和安娜已深谙此道，控制音量技巧完美，哪怕对方在山谷最远的角落都能听得见。话说回来，即便对方没听见，狗群也会喧腾起来。现在，我肯定自己听到了我们那只小猎犬Big的叫声。而深沉的低吠来自我们的牧羊犬Bumble，至于响亮的嘎嘎声，那是它的妈妈Bonka。我也不知如何解释一只狗会像鸭子那样嘎嘎叫，不过它向来如此，倘若某天突然变了，我可能还会不适应。

突然间，我发现一个修长的身影正在橘园边挥手。是安娜！我眯起眼睛，想看得更清楚。她头发剪短了，不，好像是帽子。太远了，我辨别不出。一阵狂风，树叶沙沙作响。出人意料，枝丫下竟多出了一个小小的身影，顶着一头卷曲的金发，正兴奋地晃动手臂。啊，是克洛艾，我五岁的女儿！我再次放声呼喊，连蹦带跳，大嚷着奋力挥舞一番后随即飞奔入山谷。到家之前能在远处俯视一番，这可非比寻常，简直像一场预演。要知道，我还得走上整整二十分钟！

　　我沿着小路继续前行。此处，山路戏剧性地从河流上的岩石中横穿而过，延伸约一公里后又蜿蜒而下，与崎岖小径会合，通向灌溉渠。急速的水流令这一带空气微凉。我沿着田垄走，躲在桉树的树荫下。

　　前方道路伸入河床，我终于走到了河边，接着溯河而上，走向小桥。这时，我发现河边的卵石滩上有一个人影，矮小但健壮，戴着草帽，穿着破烂T恤。他正弯腰伏在灌木丛中，露出半个身子，似乎被地上的什么吸引住了。他是我的邻居多明戈。

　　我发现多明戈的时候，他也看见了我，随即招呼我过去。他正弓着身子，忧虑地盯着一只病恹恹的绵羊，戳戳这儿捅捅那儿，然后翻开一只眼睑，细加察看。

　　"还是老毛病，"他头也没抬，"眼睛看起来像颗马铃薯。瞧，一点神采也没有。"

多明戈根本不善与人寒暄问候。

绵羊躺在地上，喘息着，仿佛已听天由命——以羊类的方式。"确实很没精神。"我观察着，估计它已病入膏肓了。

"确实，"他答道，冲我咧嘴笑笑，"应该是肝脏出了毛病。我发现最近死掉的那一两只羊，肝脏部位都出现了肿块。不过它们还吃了一肚子albaida①，谁知道究竟什么要了它们的命。"

"见鬼，你连这都知道，多明戈？"我惊叹，"解剖了尸体才能看到胃里的东西啊。"

多明戈耸耸肩，不置可否："它们死了就对谁都没用了，是不是？"然后，他拍打着绵羊侧面，翻转过来，腹部朝下。

"不过，它还有救，没那么严重。"

他站起身，伸个懒腰，抬起手背擦擦脑门上的汗珠。绵羊在我眼前摇摇晃晃地站起，跌跌撞撞倒在一棵垂柳的树荫之下。羊的疾病我也能大致诊断一二，不过似乎多明戈更在行。

"那么，"他满面笑容，伸出一只手，"瑞典怎么样？"

"还行。"我回答。多明戈竟主动攀谈，真是罕见。受此感染，我也打开话匣子，讲了签订出书合同的事。

他安静地听完，然后评论道："嗯……听上去不错，如果你喜欢的话。"接着便开始讨论牧草纠纷。他对我的书兴趣寥

---

① 一种豆科植物。

寥，我莫名有些失望。

"你怎么样，多明戈？河对岸近况如何？安东尼娅呢？"

"都挺好。"他答道，"我也在尝试些不一样的事情，也许你可以来看看。你来吧……"他低下头，运动鞋拨弄着一粒石子，"来……呃，吃顿饭，你们一家，明晚。"

嗯，听上去不过是个平常的邀请，而且表达笨拙语气局促。不过我知道，我们两人都觉得颇为新鲜。我在这山谷住了13年，多明戈从未正式邀请我共进晚餐。显然，我们两人的生活中心地带都掀起了轻微的波澜。我将要写一本书，而多明戈发出了晚餐的邀请。

我疑惑地看着他，一会儿回过神来，答道："呃……好，我们一定到！"

我们又站着聊了一会儿，多明戈滔滔不绝地讲述自己与后山那些猎人及庄园主的矛盾。聊完，他从芦苇堆上解开驴的拴绳，骑了上去，驴沿着山路小跑而去。我走向小桥，思绪联翩，一直围绕着多明戈打转……

命运之神为他与一位来自荷兰的女雕刻家牵起了红线。多明戈在自己的家庭农庄里度过了近40年，日子风平浪静，却也孤独寂寥。他看似心满意足，然而日常的生活与劳作发挥不了他的聪明才智，他热切渴望着新鲜的思想与知识。巴塞罗那某工厂的一段短暂工作经历打消了他原本走出山谷的打算。他转而试着跟外国邻居贝尔纳多与伊莎贝尔，还有我与安娜学习北欧的观念与方法。贝尔纳多与伊莎贝尔是一对荷兰夫妇，居住在拉塞尼塞拉，在山谷之下。

某年夏天，一个赭色头发、脸有雀斑的荷兰女人安东尼娅来到这里。她一直逗留于此，在拉埃拉杜拉一所废弃的农舍里临时住下来，制作在我们山谷里遇见的各种动物的雕塑。多明戈的绵羊偶尔才会去拉埃拉杜拉觅食。这个夏天，安东尼娅搬来了，它们也不再挪窝，直到把那片草地啃成一张台球桌。10月，雨季到来，多明戈已说服安东尼娅搬去他的农庄，并迅速着手改建房屋，以接纳他最初也是惟一的爱人与她的工作。

冬天，安东尼娅返回荷兰，竭力奔忙并着手处理她那些动物模型的青铜铸造。早春她就回到了山谷。安娜已经在信中告诉我，他俩如今形影不离，正一起修缮多明戈的破旧农舍。我愈加好奇，想一探究竟！

❧❧❧

我穿过摇摇欲坠的木桥，到达绿油油的河边田野。桉树硕大的树冠高高耸立，俯瞰苜蓿田四周环绕的橄榄树林。苜蓿绿得不可思议，间或点缀着小蓝花朵。眼前这幅图景在夏日令人倍感清凉。小路继而通入巨大的荆棘丛、怪柳与金雀花编织成的隧道中，然后沿山势而上，直到房屋出现。

　　每回外出归来，走到这里，我便踌躇不安起来。看见我，安娜与克洛艾会像我期待的那样高兴吗？她们会不会态度冷淡？会不会早已习惯了没有我的生活？我的归来会不会变成一种入侵？她们会不会因此心怀埋怨？而当她们发觉，离别这么多星期，我依旧是她们印象里那个毫不起眼的家伙，会不会因此失望？我艰难往山上攀登，这些想法却挥之不去。突然，狗奔了过来，连蹿带跳冲下山，摇头摆尾，欣喜若狂，还跳起来弄得我满身灰尘和口水。它们认识我，而且毫不介意我是否一无是处。我重新抖擞精神。

　　接着，还没等我张开双臂，克洛艾就一头撞入我的胸膛。我从这混乱的胳膊、腿与狗爪间抬起头来，看见安娜在露台上微笑着。这一刻，克洛艾仰起脸，我们略带羞涩地冲对方咧开嘴巴，开怀大笑。

꧁꧂

　　第二天傍晚，我一只胳膊夹着瓶葡萄酒，一只胳膊牵着克洛艾，把她在我和安娜之间晃荡着，慢慢悠悠地横穿溪谷，往多明戈与安东尼娅的农舍走去。身后，远远传来狗的低吠声，大约抗议把它们拴在露台上。山谷里，空气凉爽多了，一丝不易察觉的清风送来令人陶醉的花香，是绽放的金盏花，偶尔夹杂着些羊粪的气味。

多明戈的 tinao^①，似乎新添了许多绿树青草，原本年久失修的阴暗厨房也焕然一新，还极富创意地开了扇天窗，巧妙利用一辆旧奔驰货车的挡风玻璃遮住原本屋顶上的一个破洞。在我的印象中，自我来到阿尔普哈拉斯那一天起，这扇玻璃就一直扔在他家的鸡棚里。这一简单改动之后，现在，我们终于可以看清厨房里的一举一动。此前，多明戈的母亲基本靠直觉与本能在厨房里摸索着履行她的职责。

我们把椅子拉到桌边。桌子正中立着果酱罐，罐口贴着那种典型的家庭自制标签。我随手拿起来，下意识地在手中转着，标签上的字迹很工整，写着"胡桃榅桲酱"。"这个味道不错，不过这瓶榅桲有点放多了。"多明戈说，"喏，这瓶好点儿，你带回家尝尝吧。"他从架子上拿起另一罐果酱，递给我。这瓶标签是"枇杷姜酱"。

"这些标签谁做的？"我问。

"我。"多明戈回答。

"多明戈做果酱常有些新奇的想法！"安东尼娅评论道，仿佛果酱实验是一位阿尔普哈拉斯牧羊人的分内之事。"嗯，

---

① Tinao，西班牙语，指小小的带顶庭院。在阿尔普哈拉斯地区，这是所有房屋的主要生活空间。

试试新鲜配方，有时确实效果不错呢。那瓶味道挺好。"安娜瞪我一眼，在桌下踢我，阻止我开口。安东尼娅给我们每个人盛上事先准备好的神秘混合物。混合着姜和香菜的辛辣，东方香料的气味冲入鼻孔，我猛然意识到，某些异乎寻常的事件已在我们的小山谷悄然发生。

吃完饭，我们去参观"工作室"——原先是猪圈，多明戈正在改造。克洛艾与安娜在屋里转悠，对那些青铜雕塑赞赏不已。其中有些可是老朋友啦，比如洛拉和一头令人心惊胆战的野猪。安娜发现了新的作品，是一只漂亮的野山羊雕塑。她小心翼翼用双手托着，展示给我看。

安东尼娅满面笑容，问道："觉得怎么样？"

我们脱口而出："非常棒！"异口同声。接着我又补充道："你最棒的作品之一。安东尼娅，它完美捕捉到了一只野山羊的优雅。"

"铸造厂的工人们也这么认为，他们通常可不会评论自己浇铸出的东西呢！"她接着说，"如果它是我的作品就好了。"说着，冲多明戈微笑，"他都不知道自己有这等才华！"

我与安娜难以置信地将视线从野山羊转到雕塑者身上。这可是爆炸性新闻！我试图理解这句话的全部信息。而安娜同往常一样，先回过神来。

她嚷道："就是说……你做的？"

"嘿，没什么，"多明戈耸耸肩，"我在一边看了一会儿，再复制下来就是了。"他似乎沉浸在参展艺术家这一角色中，拿起用木头与藤杆自制的雕塑工具，伸手打落了一些牛、野山羊与马的蜡雕。

多明戈这颗雕塑新星崭露头角，作为同行的安东尼娅不知是否略感不安，从她脸上倒真看不出来。我想起当初教多明戈工作，短短几天，眼睁睁看着学生的手艺超越了师傅……

"我想我可以拿些出去卖，"多明戈继续说道，"安东尼娅说她会带我的动物去沿海一带的画廊。或许等我一把老骨头了，再没力气在这里整天爬上爬下撵绵羊，我还能干这个！"

回到埃尔巴莱罗，我当机立断，着手进攻新的职业领域。第二天，我起得异常早，全身心投入早晨的劳作。多明戈的先例在前，受此鼓舞，我今天将制订严格写作计划，踏上作家之路。

安娜做了早茶，她也比平日提前了许多。用餐完毕，我去喂鸡，喂鸽子，然后放羊出圈。这一系列工作完毕，我沿着屋边的一条小路去旧打谷场下的一栋低矮建筑。推开那扇木门就是储藏室，这座农庄原先的主人佩德罗·罗梅罗在这里储藏谷物。我们初来乍到时，屋里挂着一串串胡椒、洋葱与蒜头，还有大块泛黄的猪油。地上一堆堆盐，一袋袋粮食，遍地玉米苞叶；角落里立着一台古老的铁机器，机器上装有飞轮与把手，用于脱粒玉米棒。

脱粒机现在还在墙角，不过四周散落的杂物已大不相同，旧花盆，一盒盒衣物与丢弃的玩具，落满灰尘的书籍……还有一把吉他，像一条忠诚的家犬，似乎永远在等着我一时兴起拨弄两下。而我，将在这儿完成自己的大作。

我把玉米脱粒机用力推走，吹落桌上的灰尘，拣起一件旧T恤使劲擦干净。随后，我坐下来，削了几支铅笔，钢笔里灌满墨水，在纸堆里找寻一番后，将最合心的纸张铺在桌面上。一切准备就绪，我大笔一挥，该页的顶头潇洒落下"埃尔巴莱罗"几个字。

我顿了顿，看着面前的纸页，满心愉悦，然后转头看向窗外，鸽子正绕着桉树飞来飞去。桉树下，是安娜的菜园。眨眼间，墙角的草莓藤叶似乎动了一下……糟了！该死！是只绵羊！绵羊闯进蔬菜田了！我跳起来，冲出屋门，势如闪电，奔下山去。要知道，这后果可不亚于一场"超级灾难"，安娜肯定暴跳如雷，而那只羊……女主人对它们的喜爱本已渐渐消退，现在它们这种鲁莽举动简直是在自讨苦吃，极有可能被女主人逐出农庄。

"怎么啦？"看见我双臂乱舞着跑过屋外，安娜嚷嚷道。

"没事！我出来走走。"我大叫，消失在扬起的尘土与狂吠不止的狗群中，冲下小路。

果不其然，安娜又开始了："要是那些讨厌的绵羊再闯进菜园里……"后面的威胁却被我越过栅栏冲进猪毛菜丛的杂音淹没。

喊叫声与狗吠声乱成一团，我们终于把羊赶出菜园，好歹没太大损失。在怒气冲天的咒骂声中，我赶走羊群，修补菜园栅栏的破洞。

此乃本人作家生涯的第一日。

回到家的第一个月，每当我试图迈开文学之旅的第一步，总会被无情打断，写作计划无端拖延，头疼不已。离家的那些日子里农庄的活堆积如山，灌溉渠需要清理，羊圈得打扫，大批苜蓿等待收割；学校的往返巴士车站在山谷另一端，克洛艾来回必须接送；安娜菜园的栅栏需要彻底维修；汽车得拆卸，然后还得找人重新组装。这种情形一直持续，日复一日，直到转折那一天到来。就像通常事态的发展，我终于忍无可忍，出门寻求帮助。

　　那天，我终于承认自己无法控制一切，决心采取行动。然后，遇到了一件稀奇的事情。下午，我早早地穿过山谷，赶在学校巴士到站之前去找贝尔纳多。我不记得为了何事，自己明明专辟出那段时间用于写作，不过毫无疑问，我得和邻居商量些紧迫事件。

　　前往贝尔纳多那里的小径穿谷而过，在一片荒野灌木丛、树林与仙人掌中蜿蜒，植物的藤蔓交错。途中有一处拐角，路面布满碎石，极为狭窄，一边是陡峭的悬崖，另一边是一株仙人掌。如果不小心在此摔一跤，滑倒的那一刹那必须立即做出选择——滚下峭壁，还是落入仙人掌中，然后花一个月来拔除成千上万根细小的芒刺。这一趟，我好歹平安通过，心有余悸走上最后一段路程。这时，我发现了贝尔纳多，他正仰望一棵高大的无花果树在道路上方撑开的枝丫。

　　贝尔纳多可怜兮兮地对我苦笑，一边撮弄着微翘下巴上的胡茬。我走到他身边。

　　"喂，怎么样，贝尔纳多？"

　　"早上好，克里斯托瓦尔[①]。挺好，没什么可抱怨的。不过我这儿出了个小问题……"

　　"怎么了？"

　　他指着无花果树的树冠作为回答。我用手遮住阳光，抬

───────────

① 克里斯托瓦尔为"克里斯"的西班牙名。

头仰望，高高的树枝上似乎有一只小狗。我不解地望向贝尔纳多。

"嗯，"他说道，"你瞧，是莫弗利。"

"嗯，我看见莫弗利了，它怎么跑到树上去了？"

"它死了。"贝尔纳多回答，一本正经。

"哦！"我舒了一口气，难怪这只狗看上去那么奇怪，不过这也无法解释它是怎么爬上去的……莫弗利是贝尔纳多家的宠物，一只小狮子狗，孩子们尤其喜欢它。最初有两只，叫"大小莫弗利"，这名字来自一部荷兰卡通片。可是一年前一只莫弗利死于某种疾病，孩子们因此伤心不已。看来现在另一只也已步其后尘。

"它昨晚死了，"贝尔纳多解释道，"最后一只小莫弗利。我不想让孩子们看见它，就决定等着，趁孩子们在学校的时候把它扔进峡谷里去。我把它抡起来，你看，就像这样，"他举起一只胳膊做圆周运动，"然后把它甩出去……不过我好像没摸准时机。"

贝尔纳多把视线从树上收回来，转向我。我俩对视一会儿，不约而同爆发出大笑——真抱歉。贝尔纳多立即拿手捂住嘴，示意我安静下来。"不，不行，这是件伤心的事，"他说，"而且问题很严重。这棵树就在学校巴士的必经之路上。想想看，如果孩子们抬头，看到莫弗利就在树上，那多难过！"

正说着，莫弗利被一阵微风托起，竟在它的安息地轻轻摇摆起来。看来形势危急！

"不过，怎么能把它弄下来呢？"贝尔纳多陷入沉思，"在孩子们回家之前……"

"扔石头吧，看看能不能击中。"我建议道。

贝尔纳多表示同意。我们收集了一堆石块，开始向那只不幸的小狗猛掷。有些石块走狗屎运，如愿击中，只是惟一的效果却是把莫弗利更深地推进树杈。

"停手吧，"贝尔纳多最终宣布道，"不管用！我们得想其他法子。"

这时，巴士的引擎声响起，拐弯处扬起一阵烟尘，孩子们就快到了！我得当机立断——跑到孩子那儿，临时分散他们的注意力；或者也可以躲开，绕下山去桥头接克洛艾。我选择了后者。

※ ⋆ ⋆ ※

我临阵脱逃，对邻居不讲义气。或许是为了补偿这份愧疚感，傍晚恍恍惚惚地回到农庄时，我向自己保证，会写作到深夜，第二天再继续工作一整天。这听上去不过是个再简单不过的决心。晚饭过后，我撤回农舍。路上，我发觉绵羊还没回农庄，它们还在屋后的山坡上！夜幕降临，它们留在那儿会不会有危险……我开始担心了。今夜月圆，野生动物会伺机出动，仇视一切，疯狂破坏。可怜的绵羊对此一无所知，哪有逃生的机会。所以我找来一根木棍，带上Bumble和Big，向着山上出发。

我沿着缓坡上的小径前行，两只狗活蹦乱跳，争先恐后冲入矮树丛，时不时警觉地停下来。这时我便竖起耳朵倾听静谧之中的动静，试着找寻羊铃的叮当声。然而，万籁俱寂。不久，黑暗降临。我在崎岖山路上艰难迈步，眼睛竭力适应朦胧的星光。仍然没有绵羊的踪迹，也毫无声响。高高的陡崖上笼罩着一层朦胧的青白光辉，而东边的天空中一轮明亮灿烂的满月在黑魆魆的悬崖峭壁之上熠熠生辉。狗前后猛冲，在树丛中跳窜，松鸡受到惊吓，拼命飞入半空，一番扑腾后逃窜下山。Bumble看上去像只恶魔狗，身形巨大，在月光下泛着白光，苍白的尘土中跟着它黑色的影子。

冷不防，我听见了铃声，清晰如在耳畔，不会超过50米。我停住脚步。悄无声息。两只狗走过来，站在我身边。我们三个静静站立着，凝视黑暗。铃声消失，山峦重又笼罩在寂静之中。

我们还在呆立，侧耳倾听，搜寻绵羊发出的最细微的声响。我用嘴巴呼吸，以减少干扰。这一时刻，我觉得自己不再是个戴着眼镜的柔弱无力的中年欧洲人，而成为一位马赛勇士。山区无声的夜晚，山神站在我面前，与我对峙。

很快，我厌倦了勇士的备战姿势。狗群在远处吠叫。接着，狐狸充满野性的嗥叫在山中回响。我继续爬山，离开山谷，向着松林前进。两只狗欣喜若狂，一个洒满月光的夜晚在山里游荡，这种机会可不多。然而，已经很晚了，我又浪费了一个晚上的工作时间。直到现在，我还不能坐下来好好写作。不过，我不能任由我的绵羊在山里被一大群疯野狗袭击。

尽管忧心忡忡，但我已筋疲力尽。大半个夜晚，我徒劳地在山里搜寻，却一无所获，心里总存着一丝侥幸。这也并非第一次，羊群抄了近路，沿着另一条路下山回到羊圈了。

回到家的时候，屋子一片漆黑。安娜已经入睡。我没有停步，径直走向羊圈。羊圈也悄然无声。然而，当我从窗口往里细看时，缓慢的足音和铃声打破了寂静。它们回来了！它们在草垛——它们的床铺上，平安无事！我愤怒地抗议，又浪费了我的一个夜晚！"麻烦以后别这样了！"我恳求，"我正在尝试完成一本书，写完了对我们都有好处，会有新的干草槽、可口的粮食，想想吧……"而绵羊却在畜栏里看着我，满不在乎地咀嚼着，像群小无赖。

第二天，我俯在桌上，因昨夜的奔波而疲惫不堪，士气有些低落。成为作家？还是放弃为好……每天的生活琐事占用了这么多时间，而且，生活在这偏远的地方，这些问题必定循环往复，终年不断。鬼知道我上哪儿找额外的时间来搞什么创作！用不了多久电话铃就会响起，应该是我的朋友外加一个他的伙伴何塞·格雷罗。接下来两个多月的连续奋力工作，会令我精疲力竭，变成一只生锈的水桶。那看似即将变成现实的梦想，如今已渐渐消散……

这时，安娜跑来提议，我可以用预支款雇别人来农庄帮忙。事事都自己动手，这太不现实了。也就是说，那笔预付款替我买来一点时间用于写作？这主意听上去完美无缺，除了一点——上哪儿找人来帮我们？近来，在阿尔普哈拉斯与埃尔巴莱罗，农场一直短缺好劳力。而我们山谷所在的河岸并不是个最受欢迎的工作地，况且也没有社交活动。

我去询问多明戈，他建议道："你可以问问马诺洛，他是个不错的工人。"

"你指马诺洛·德尔莫利尼略？"

"嗯，没错。其他没有好人选。你也知道，从几年前他与他父亲帮助清理灌溉渠那时起就这样。而且，他对羊很在行。"

"我很了解马诺洛，"我颇为沮丧，"我也觉得你说得在理。不过，他是惟——个我不能雇用的人……"

"为什么？"

"嗯……"我本不愿提及，"我去年替马诺洛工作，他还没付我工钱呢。"

"难以置信。他还真不老实，不是一星半点……"

"嗯，我原本也这么想，"我说，"无论如何，让一个欠着自己钱的人来帮忙干活，实在不好开口啊……"

"远不如你欠他们钱……"多明戈说着，转身走了，回他的雕塑工作室继续工作。

A parrot in the pepper tree

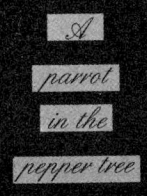

马诺洛·德尔莫利尼略

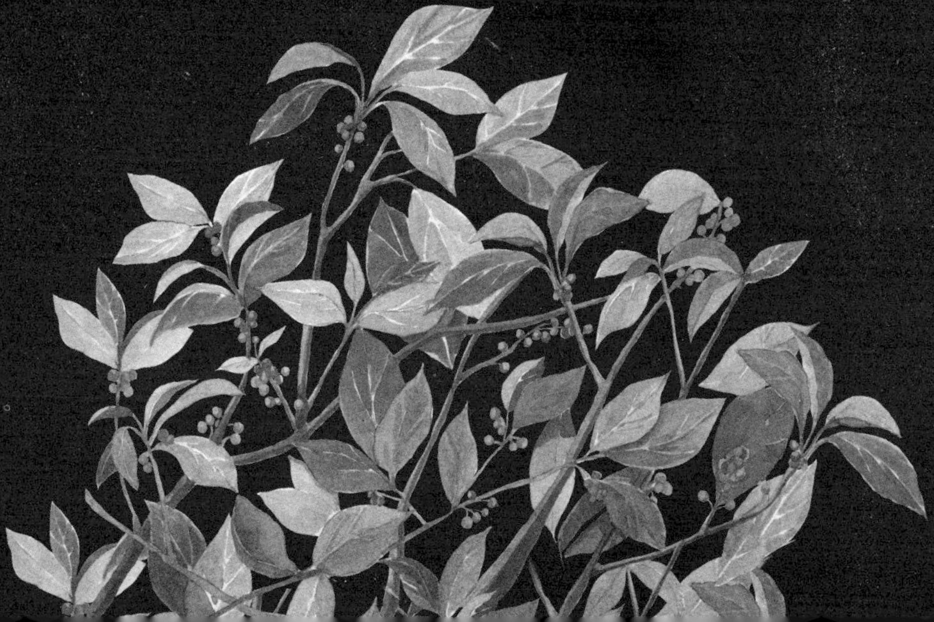

帕科·德拉查尔卡，意为沼泽地中的帕科。人如其名，他独居在埃尔巴莱罗与奥尔希瓦之间那片沼泽地中的一座农舍里，只有300或者400只绵羊相伴。羊群在农舍周围来回觅食，啃着水薄荷、芦苇与沼泽地里的其他植物，以及无穷无尽的水柳枝叶。我为帕科工作多年，还算了解他。他并非真正的阿尔普哈拉斯人，是从格拉纳达北部山区伊斯纳略斯搬迁而来，不过从言谈举止倒真猜不出这一点。至少我在场的时候，他表现得非常排斥奥尔希瓦的外地人，动不动就高声怒骂，尤其针对外国人。

"你们跑到这儿来侵占我们的土地，破坏我们的语言！寄生虫！你说什么我一个字都听不懂！你们这群饭桶，除了放羊还会干什么？连羊都看不好！瞧瞧那些羊！这算哪门子事？就这水平，待会儿还好意思跟我要全部工钱？

你们这些窃贼！这群该死的外国人！我们这些可怜的本地人只有眼睁睁看着你们胡作非为！"

帕科破口大骂，口无遮拦，大声咆哮不止，嗓音嘶哑却直刺耳膜。他骂得兴起时，声调会越来越高，越来越刺耳；一支香烟叼在唇角，双目狰狞，眼神狡黠。最初，我看他态度一本正经，信以为真，第一次为他工作那天，几乎拔腿就跑。当时多明戈正在一旁干活，他却不以为然，说帕科就这副德性，对谁都这样，刚刚那番牢骚不过是他想幽上一默。看来确实如此。后来，帕科再次恶言相向，我便能发觉他眼底藏着的一抹笑意。这一嗜好真让我另眼相看。

帕科只比我年长几岁，可是第一眼见到他的时候，我竟以为他至少65岁了。风吹日晒，烟草，沼泽地的湿气，外加总爱大喊大叫，一年前他患了轻度心脏病，虚弱了许多，甚至有点萎靡不振。

其后不久，有一天，我在帕拉伊索的酒馆碰到帕科。他把我叫住，用一般人远远招呼出租车的音量，不过倒是比他平时打招呼的声音低了一至两个分贝。

"克里斯托瓦尔！上这儿来，跟我说会儿悄悄话！听听我这声音，快奄奄一息了。告诉你一件事，我把羊卖了。"

"见鬼！没了羊你打算怎么办，帕科？疯了吧！"

"我这人一无所长，没人需要我。"他继续说道，满脸了无生趣的神色，"还不如多喝几瓶，开心开心。听着，我把羊卖给了马诺洛。"

"马诺洛·德尔莫利尼略？"

"没错，就是那个年轻人，还有他那个狗屎朋友米格尔。他们买了我的羊，开价合理，到现在还在沼泽地里放羊呢。我想让你去帮他们干活。"

"好，没问题。我和马诺洛挺熟。他有时会来帮我干活。小伙子人不错，赶骡子很在行。不过，我还真想象不出他怎么会去放羊。"

"嗯，我也没法想象。那个米格尔懒得像头猪，根本帮不了马诺洛什么忙。我敢说，他们最后肯定没法收场。不过，只有他们想买我的羊……"

遇到帕科后的第二个星期。一天清晨，我早早地开车下山，沿着河床前往德拉查尔卡。帕科家院子里有棵半死不活的橄榄树，我在那可怜的树荫下组装好工具。不一会儿，马诺洛领着他的羊群来了，身穿蓝色工装裤，一脸神气的笑容。

我埋头钻进羊群，马诺洛抓起一只只绵羊，毫不费力地丢在我身边的木板上。偶尔，他也会停住手，寻找米格尔的踪影。米格尔答应来帮忙，结果到末了也没露面。对此，马诺洛一整天都在提出种种假设来安慰自己。

整整两天辛苦劳作，活终于干完了。结束之后，我收拾工具放进车里。这时，马诺洛吞吞吐吐地说："现在我们手头没那么多钱，克里斯托瓦尔……下周付你工钱，行不行？"

"没问题，马诺洛。"我同意了，"不必担心，随你什么时候付工钱。"

我在西班牙工作时，也遇到过一些极品人物，不过倒从没人在付工钱一事上耍过花招，除了有时账算得有些离谱……况且，我跟马诺洛很熟，他一向正直可靠。

一个月后，我再次与帕科偶遇。他看上去精神了许多，也不再说什么悄悄话了。"喂，克里斯托瓦尔！"他招呼道，"上次干活拿到工钱了吗？"

"没呢，还没有。不过也没几个星期……"

"他们什么都不会再付给你啦！"帕科扮起了搅屎棍的角色，居然还乐在其中。

"什么意思？"

"嘿，还是我有先见之明，他们把事情搞得一团糟，现在，我又从他们手里把绵羊买回来了。他们现在负债累累，饲料、牧草、劳力，等等。不过，我跟马诺洛说不用付钱给外国人。"

这话不亚于当头一棒，不过我还是竭力振作精神。"那么，帕科，"我冲他吼道，"既然那些羊原本就是你的，现在又归你了，我干活，该付我工钱的人就是你。劳动成果的受益人是你，不是吗？"

"呃，"帕科笑嘻嘻地从口袋里掏出一张破烂纸条，展开，"其他情况下你说得可能没错。不过这张纸上写明了，羊群归他们所有期间产生的任何债务均由他们承担。所以，工钱还是他们付。不过，我看不出来他们有这意思……"

300只羊，每只羊150比塞塔①，那就是45000比塞塔，大致相当于200英镑。我们并不急需这笔钱，然而，这件事触犯了人生的准则。竟然被人耍了一通，实乃奇耻大辱！当天晚上，我给马诺洛打电话，他妈妈接了，说他不在家，第二天、第三天依然如此。每晚拨通电话，却只听到他妈妈一而再，再而三的托词，不久，我便感到索然无味，只能埋怨自己遇人不善。

⁂

那天，我去找多明戈商量雇人来农庄帮忙一事。之后过了约一个星期，某日，安娜把我叫到露台上，说看见有个人影

---

① 比塞塔，原西班牙货币名称，现使用欧元。

正骑着马穿过河床往我们农庄来。我们在阳光下眯着眼睛细瞧，那个人影在岩石间闪现又消失。"是马诺洛·德尔莫利尼略！"安娜低喃道，惊讶万分。安娜的眼神比我敏锐得多，不过我立马断定她说得没错。马诺洛身材比本地多数男人高，还非常魁梧。况且，惟有他才能如此轻松自如地骑着一匹马，悠然自得。是他，错不了。

不出所料，十分钟后，马诺洛把马拴在房下的栅栏柱上。我下楼去见他，态度不咸不淡，语调冰冷，俨然告知没人欢迎马诺洛这类"朋友"。

他似乎也很尴尬，局促不安地盯着地面，脸上也不见了平日打招呼时的酣畅笑容。

"呃……克里斯托瓦尔，我把这个带来给你……"

"嗯？什么？"

他递过来一大沓钞票。"欠你的工钱，这还只是一半，抱歉这么久才给你。不过，这阵子确实很困难。帕科的羊让我们损失了很多钱，而且就靠我一个人挣钱还债。为了还债，我马不停蹄地干活，欠的实在不少……剩下的工钱，一挣到就马上给你。不过现在没那么多活可干……"

我欣喜若狂。一直以来，我都认为马诺洛心眼不坏，如今疑虑全消，冰释前嫌，如同与一位失散多年的老友重逢。"马诺洛，我就知道你不会让我失望。要是还缺钱，不如来我们农庄干活。呃……说实话，我确实需要个帮手。"

听到这话，马诺洛喜上眉梢。一两瓶啤酒下肚，我俩一拍即合。接着，他向我讲述这几周灰暗的牧羊生活，他在那儿独自奋力赶羊，结果只迎来了债台高筑……现在回想起来还心有余悸。不过，他的笑容却比以前更加欢畅。嗯，马诺洛将会定期前来埃尔巴莱罗干活，而我……咦，我打算干什么来着？哦，对了，我将躲进储藏室，坐在那儿写出一部辉煌巨著！

与马诺洛握手言和的第二天，他就来干活了。我们一同去羊圈，以便决定迫在眉睫的工作。半路，他停住脚步，满脸惊讶地望着我们的拖拉机。"你有一台拖拉机！"他掩饰不住兴奋之情。

"没错，"我答道，"拖拉机。"

眼前这台拖拉机是麦赛福格森135，已有50年高龄，停在一棵橘树下。机器质量不错，也很耐用，不过已蒙上了厚厚的尘土，锈迹斑斑，隐约可见一块块鲜红的油漆补丁。那是我们用安娜的祖母格鲁姆留给我们的一些钱购置的。这位老太太104岁，我觉得她对尘世已无甚眷恋，不过似乎乐于为我们留下些美好回忆，以作纪念。

这台拖拉机恐怕可以称得上埃尔巴莱罗农业的新起点，我也对其肃然起敬。不过，惟一的麻烦是无法鼓足勇气去驾驶。或许，是因为我做了父亲？又或者我们农田的走势过于陡峭……而且，人们总会告诉我那些拖拉机事故，乐此不疲。总而言之，我对这台拖拉机敬而远之，柔软的血肉之躯钻进钢铁外壳之中实在不堪一击，内部的液压动力装置也令人生畏。

而马诺洛却毫无担忧。他着了魔似的，迫不及待地跳上驾座，想办法发动起来。

"那个黑把手，"我向他解释，"先推它，然后转动钥匙。"

关于拖拉机的知识，这是我第一次也是惟一一次占了上风。之后，马诺洛和这台机器几乎合为一体——开拖拉机可吓不倒马诺洛。利用拖拉机前端的铲斗，马诺洛让我们农庄简直焕然一新。通往农舍的道路原本布满高低不平的车辙，马诺洛一一铲平，现在路面平坦且坡度和缓；耕作时总碍手碍脚的大石块长久以来立在田中岿然不动，如今已无影无踪；接着，多年无人理会的那块梯田，马诺洛也用拖拉机细细犁了一遍。

马诺洛干劲十足，看得我们也心花怒放。有一天，拖拉机卡在了田地中央，动弹不得，马诺洛无计可施。

我们只得去找多明戈商量。他说离合器壳上的螺栓出了问题，开始熟练地更换坏掉的螺栓。我和马诺洛提心吊胆地在一旁看着。"你得对它温柔点，马诺洛，"他提醒道，"驾驶得沉稳些，否则以后就不只是螺栓损坏这么点小问题了。"

听了这话，我们俩都有点担心，急切地恳求多明戈再多给点建议。"少让发动机高速运转，尽量避免发出吱吱嘎嘎的声音。"他告诫道，"对它，必须像对待女人那样温柔。"

"没错！就当她是个女人。"马诺洛若有所思，脸上带着一丝迷蒙的微笑。

或许这只是偶然事件，不过我注意到，打那以后马诺洛对拖拉机倍加呵护。他常用柔软的衣物仔细擦拭，有些部位甚至重现了光彩；引擎定期用油保养；甚至特意买了一只银钥匙圈，上面有圣伊西德罗的画像——圣伊西德罗是农民的保护神。一天早晨，他还带来一个鲜艳的羊毛垫放在座椅上。马诺洛一有机会晚上就开着拖拉机回家，在提克拉斯兜来兜去，神气十足。

马诺洛对拖拉机如此痴迷，一度我有点担心这会取代赶骡子的传统技能。他有两头骡子外加一匹年轻漂亮的枣红母马。倘若山谷里有谁打算把重物运送到山上某些匪夷所思的地点，或者某个陡峭山坡上的农田需要犁，他们总会来找马诺洛，马诺洛便带上他的bestia① 出发。在他们面前，任何农业机械都得甘拜下风。

---

① 西班牙语，对马、骡与驴的统称。

倘若这些技艺失传，不免令人惋惜。不过，我们是杞人忧天了。马诺洛和他的骡子间似乎有种天然的吸引力，况且他也不会放任不管。夏日的夜晚与周末，路过农田时，我们常能遇见马诺洛，他正和他的bestia一起埋头干活。

与此同时，我着手开辟自己崭新的人生领域。马诺洛来农庄第一周的最后一天，把克洛艾送上学校巴士后，我来到储藏室，坐在桌前，翻开横格练习本的封面，折到背后，然后往钢笔里灌满墨水。这时，刚刚拆开外包装的电脑正面带愠色地站在我面前，我故意不予理会。"一个任务，"我果断地对自己说，"开始工作！"

然而，接下来几分钟，我却不由自主地盯着那台推到角落里的玉米脱粒机，似乎看见自己正奋力旋转着硕大的木柄直到巨型铁飞轮开始嗡嗡作响，像只大陀螺，随时等候着玉米棒奋不顾身一跃而入。接着，玉米棒战栗着，跳跃着，倏地消失在脱粒机内的碾碎装置之中。随即，出管口黄色碎谷粒飞溅而出，落入篮子里。就这样，一刻不停地操纵木柄，可打发一两个小时而不厌倦。眼前，玉米粒如池水般在篮子渐渐涨起，而机器另一端，红棕色的玉米"苞叶"堆积如山。这些玉米"苞叶"扔进壁炉点燃，就会给冰天雪地的冬日寒夜带来一丝温暖的火光。

我叹了口气，无精打采地看着眼前的廉价塑料电脑。算了，还是老老实实在我的练习本上胡乱涂抹好了。我的脑袋中似乎布满了洞穴，那里面的小轮子开始呼啦啦运转。我拧开钢笔，写下一个短句，然后，再次灌满钢笔墨水，留神听着农庄里的各种声响……马诺洛开着拖拉机突突地驶过桉树，这令我强烈意识到驾着拖拉机在外面突突地满地跑才是自己想做的事情，何苦盯着一张纸，挣些个银两，付给马诺洛工钱请他来干这份活计？！这时，引擎声消失了，只剩白鸽咕咕叫个不停，蝉鸣此起彼伏。

正午的阳光炙烤着薄薄的混凝土屋顶，储藏室里空气渐渐闷热起来。我在桌上摊开双肘，脑袋枕着上臂，渐渐沉入甜美睡梦。突然，一声鸣笛，紧接着，门猛地打开了，有人风风火火地闯进来，马诺洛站在我面前，笑容里带着一丝困惑。

"你在写东西吗？"

"呃，正想写……你来这儿什么事？"

"我耕了地，而且播了草种……"

"地耙松了吗？

"没有，我明天会驾着骡子来耙地。苜蓿也浇完水了，水管塞住了，我只好整个拆开来清理了一遍，里面塞的全是木棍和叶子，还有夹竹桃花瓣。是风吹的，天气一干燥这些东西就都被吸进水管里。之前说的过滤器你打算什么时候动手做？"

"抱歉，我看看明天能不能抽出空……"

"好。我还重新收拾了干草垛，修好了羊圈的饮水槽，番茄也捆扎完了……"

我把眼光收回来，打量着桌上的这张纸。马诺洛探过身来，想瞄一眼我一上午的成果。我连忙用手臂遮住。

马诺洛环视了屋子一圈。"很多书！"他观察着。

"嗯。"

"你的书呢？进展怎么样？"

我低头望着书桌，回忆着这半天马诺洛令人叹服的劳动成果——纸上写着"第一章　到达埃尔巴莱罗"。我提起钢笔，画下一个句点。"还行，"我言不由衷，"凑合！"

五六点钟后，气温稍稍降低，白天的农活也告一段落。马诺洛回到屋里取来啤酒。我们坐在院子里，狗摇头摆尾地围着马诺洛，他挨个亲昵地轻拍着。而我在他身边啜饮薄荷茶，聊着农庄里的活计。

"你得去买点儿人工肥料给苜蓿施肥。"马诺洛提议道。

"不行，马诺洛，"我答道，"我们农庄已经登记为出产'有机农产品'，不能使用任何化工产品。人工肥料也不行。"

"我们浇粪，接下来……"

"嗯，粪便或者堆肥。"

"不能用化肥？一点儿也不行？太遗憾了……"

"瞧，马诺洛。这片地区已经用了太多化工产品，这些流进河里，毒死了鱼。鸟也跟着遭殃。记不记得你第一次来清理灌溉渠，那时候什么样？有毒化工品已经让这里深受其害，连鸟叫也听不到了。现在呢？你听……"

我们默默坐着，侧耳倾听。河流低鸣，桉树叶随风沙沙作响，鸟语呢喃，有黄莺、画眉、几种云雀，甚至还有一只新来的夜莺。

"提克拉斯已经听不到鸟叫了。"马诺洛告诉我，"你说得对，它们都被化工产品毒死了。每天我都能看到十几只死鸟。"

"没错，害虫破坏庄稼，鸟类消灭害虫，这样农业与环境能保持平衡。用了化工产品一切都完了，自然界的平衡毁于一旦，而虫害更加猖獗。就冲这美妙的鸟鸣，我宁愿庄稼收成少那么一点。"

"嗯，你说得没错……不过，不如就给苜蓿施一点点化肥，要不太可惜了……"

　　我们订购了大量有机肥料，由货轮从巴塞罗那运来。这多多少少令马诺洛感到宽慰。有机肥料是蠕虫腐殖土之类乌黑的粉状泥炭，具备相当出色的保水性，在这片地区很实用，因为我们农田的保水力几乎为零。据称，该介质每公斤能保持10升水。

　　在我看来，与马诺洛的这番谈论也是保卫地球之举。倘若我们成功说服他，让他理解有机农业的益处，从而接受我们的观点，然后，他可以告诫整个村庄。一旦提克拉斯的现状开始改观，那么塔布隆兹、拉斯巴莱拉斯，甚至奥尔希瓦都将以全新的眼光看待农业。

　　事情果真有了惊人突破。6月的一天，马诺洛风驰电掣般跃上台阶，扯开门帘。"你看这个！"他上气不接下气，双手捧着一只硕大滚圆的甜瓜，兴致勃勃嚷道，"多可爱的小甜瓜啊！这可一丁点化肥也没用！"他补充道，仿佛事情从头至尾都在他的掌控之中。

　　这个夏天，"有机"的讯息再次令农庄欢欣鼓舞，马铃薯也首次获得了大丰收。于是，其他工作都暂搁一旁，我们紧锣密鼓地收获蔬菜宝藏。我不免有些沮丧，因为一番全力以赴之后，我好歹在电脑上凑足了页数，刻了张光盘寄给了出版界的朋友。他们还在等着后续章节。然而，马铃薯在紧急召唤，我们整晚整晚地把马铃薯装袋、清洗，坏掉的扔进仙人掌堆。我与安娜一起干活，偶尔克洛艾也会来帮忙。每天晚上，我们弯腰俯身，在一堆堆土豆与一碗碗污水间劳作，有时也怀疑这一切是否值得。1个马铃薯售价不过1比塞塔，而我们如果能在1小时内将身边100个马铃薯装袋就算高效率了。你可以想象，我们俩干活慢腾腾，又没有报酬……不过这就是农事。马铃薯，另一个马铃薯，再一个马铃薯……每个马铃薯清洗两遍后晒干。

我们把马铃薯堆放在外屋，那里阴暗凉爽。接下来，我们开始用马铃薯做各类菜肴，以庆祝农庄粮食丰收。迷迭香马铃薯刷上油，与一整束迷迭香、蒜头和橄榄一起放入炉中烘烤；aligot①——煮熟的马铃薯，做成松软的糊状菜汁，拌上奶酪、奶油、蒜，搅拌黏稠，直到能立在盘中而不流淌。我们甚至尝试用纯土豆泥和巧克力酱做成布丁，不过结果很失败……

不久，马铃薯迅速开始腐烂，麻袋边的地面上蔓延着成片成片的黑色污迹，散发着恶臭。把马铃薯倒出来的时候，我们吓得倒退一步。腐烂的马铃薯成了一摊气味难闻的泥团，拿手

① 法国中部奥弗涅地区的传统菜。

指戳戳，表皮下似乎积着一团污水。眼前这一幕让人想起当年爱尔兰马铃薯饥荒的惨剧：马铃薯挖了出来，却是一堆白色软泥，大批饥肠辘辘的人们备感绝望；成千上万的穷人濒临死亡，只能依靠青草填饱肚子，嘴唇已经发绿；而大船沿着利菲河驶来，装满了成箱的食物，那些是卖给英格兰人的……那种情形下，市场的力量或许能力挽狂澜。一只烂土豆令我思绪万千……

不幸的马铃薯事件后，大约为了安慰我们，马诺洛不停地送来食物与水果，都是在他提克拉斯的田里收割的。他常常带着好几塑料袋山羊奶酪、西红柿、洋葱，以及硬邦邦的本地青椒，小心翼翼地过桥而来。

仔细想来，马诺洛似乎已成为我们的家人。除了农庄的活计，他还帮忙接送克洛艾上学放学。我习惯早晨送克洛艾，有时顺带去趟邮局寄出完成的书稿，而马诺洛则会在一天劳动结束后去等候学校巴士。他骑着一辆旧轻型越野摩托车，那是一位朋友留在农庄里的。马诺洛把这坐骑驾驭得如同他的马一样，跋山涉水，无往不至。我自己技术不精，曾有几次连带克洛艾一同落进了河里。

那个夏天，安东尼娅回荷兰待了一小段日子，再次出现在多明戈的农舍时，带来了她家养了多年的宠物，一只名叫雅歌的非洲灰鹦鹉。一天，马诺洛骑摩托车带克洛艾回农庄，路上听说了这位新来客。于是，他们决定去瞧个究竟。

话说一个星期前，多明戈在路边发现一只长满尖刺的动物。他从未见过，便裹进麻袋里带回了家。接着，他来到我们农庄问问我是否认识。"这是刺猬。"我说。我很高兴自己居然知道刺猬的西班牙语！我告诉他可以喂它一碟牛奶，还有刺猬很容易生跳蚤。多明戈决定留下这只刺猬。

克洛艾与马诺洛来到多明戈的农庄，谁都没在。他们找了半天也没发现鹦鹉，不过却看到了刺猬。与多明戈一样，马诺洛也从没见过刺猬，而对鹦鹉也只有个粗浅的概念。他和克洛艾呆呆站着，望着那只动物卷成了一只刺球。马诺洛悄悄地问道："你说，那会不会是多明戈的鹦鹉？"

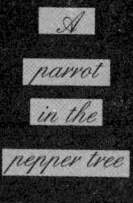

A
parrot
in the
pepper tree

等 待 胡 安

早晨，马诺洛从田地回来稍事休息，慢悠悠地往农舍走，掀开厨房门帘冲进屋前的那三秒钟，他一如往常般吹着完全不成调的口哨。口哨声算是个体贴的预警信号，不过我还是被逮了个正着——安娜称之为第一现场——我正手忙脚乱地刷洗盘子。马诺洛定住了，一抹窘迫的红晕迅速在脸上蔓延开来，因为他一眼看见安娜坐在沙发上看报，转脸发现我在水槽边忙碌着，双手浸在肥皂水里。

他试探着问："你在洗碗？"

"嗯，没错，"我同意，"洗碗呢。"

他点点头，似乎在确认眼前不可思议的情景。

吃午饭的时候，马诺洛往往也吹着口哨进来，撞见我正站在烤炉边。

"你在做饭？"

"嗯，没错，在做饭。"我重复了一遍。

　　现在，我挺爱下厨，甚至认为下厨乃人生一大乐事，而惟有不断练习厨艺才会有所长进，况且我也不介意餐后刷锅洗碗。恰巧，这两样家务安娜都不爱碰，却对整理屋子、逛街和洗熨衣物有着超乎寻常的容忍力，而这些事，我光听着就够受的了。于是，我们的日常家务分工明确合理。

　　然而，在阿尔普哈拉斯地区，我的行为几乎可称得上离经叛道。这里的男人干起活来像头骡子一样没日没夜，一旦活干完了，看着吧，他们松弛下来，喝上一杯，舒展疼痛的四肢。而家里的女主人呢，收拾家务，打理庭院，田间耕种，终于从各类杂务中抽出身来，还得服侍他们。当然，有些男人也会在花园里帮上一把，尽点为人夫的责任，兴致所至还大展厨艺，多明戈不就做过果酱嘛。不过，这实属罕见。试想，村里的小酒馆中，众人聊着打猎趣闻，争论着用水权的问题，这时你插话，大谈特谈栗子蛋奶酥的新菜谱，需要多么大的勇气！

　　老实说，总在厨房被马诺洛撞见，我打心眼里也有些不好意思。他的那句 "Tas cocinando" 口气古怪，不免让我对自己生疑，此举是否有损男子汉气概？马诺洛倒也从未直接道明，不过他的口哨声，他微微泛红的害羞表情，却无意中泄露了压抑的真实情感。这倒让我联想起自己对爱德华多的态度。爱德华多是个原教旨基督徒，果食主义者，以提克拉斯田地中一栋尚未完工的房子为居所。作为一名原教旨基督徒，爱德华多完全靠水果果腹，赖以存活，并且，仅仅食用枝头掉落的果实。按他自己的说法，"树上的果实不可由外力采摘而得"。不难想象，这种饮食习惯相当不牢靠。倘若树木大发慈悲，慷慨异常，那么爱德华多就得将果实一个个地捡拾起来，装进小麻口袋，背回家，如此一趟趟来回，像一只蚂蚁用树叶驮着食物渣。

这些事情大都无关紧要。不过，生活中某些匪夷所思的时刻，"男子汉气概"的美名倒也并非一无是处。例如，从瑞典回家后的那个夏天，有传闻说胡安·加列戈——一位本地牧羊人，打算谋杀他曾经的恋人，下一步目标就是我。

※

这段插曲始于6月的一个夜晚，地点是奥尔希瓦外的公路上。我正站在汽车旁和马诺洛的一个表兄说话，突然一声尖叫传来，一个女人跌跌撞撞从街角跑来，歇斯底里般。

"求求你，"她说的是西班牙语，含混不清，"他要杀她——他疯了。快去，求求你！"

"什么？"我说，"说清楚点，让我做什么，在哪儿，到底什么事？"

"快去，马上，求求你了，就在那边！"她哀求道。

于是我上车，赶往那个女人指示的地点，心里直犯嘀咕，究竟会把自己扯进什么事情里呢……然而，事已至此，非去不可了。行驶约1公里后，路边出现了两个人影。一位是彼得拉，瘦小的丹麦女人，一头浅棕色的长发散落在脸上，似乎想躲在头发后面，不过这一努力分明徒劳；另一位是她的恋人胡安。我曾为胡安干过几次活，有点认识。胡安身材并不比彼得拉高多少，不知怎的，却似乎居高临下，俯视着彼得拉，满脸狰狞的恐吓之色。

彼得拉惊恐万状地瞥了我一眼，算是答谢我的到来。"克里斯，别让我跟这家伙单独在一块儿，他会杀了我的。"

"克里斯托瓦尔，你来干什么？"胡安愤怒地问道。

我下了车，彼得拉试图向我解释发生的一切。"我要离开他，克里斯，我再也受不了了！这人喜怒无常，简直毫无人性。他不让我走，就抓住我，一个劲地摇，逼我说留下来。现在他说要杀了我。我们已经报警了，别让我单独跟他在一起。求你，等警察来了再走！"

彼得拉放声大哭，摩挲着瘀青的胳膊。"好，"我说，"等你说可以了我再走。"

这些对话都是英语，而且，看来也毫无必要为胡安逐句翻译。

胡安火冒三丈。他是个健壮结实的小个男人，牙齿大半被打掉了，鼻子也曾遭受重创，蓄着短而硬的胡茬。他威胁，而我寸步不让。

"克里斯托瓦尔，"他怒吼着，"男人跟他的女人之间的事，其他大男人是不会插手的！"

"怎么不会？！胡安，你这是暴力，所以我必须在这里。"

我们这队人马在房子内外进进出出，彼得拉把她的行李搬出来，装上货车。渐渐地，胡安开始向我挑衅。他并没有直接攻击，只是挺起胸不停地推推搡搡。通常，男人拎起拳头挥向对方脸之前，就是这样的热身运动。"原本我们算是朋友，克里斯托瓦尔，"他咆哮着，"可是，现在，你多了个仇敌。"

无论如何，我说到做到，寸步不离彼得拉。大约半小时后，巡警员公共巡逻车赶到，两名警察下了车。一位是年轻人，面容和蔼，一看就是实习生；另一位矮个子，厚厚的灰胡须，昂首阔步，活像只矮脚鸡。

"出示证件、护照……"他恶狠狠地冲彼得拉说，然后转向我，"还有你！你在这儿干什么？"

"我在这儿以防我的朋友受伤。"

"哦？那你可以走了。"他一脸厌恶之色。

"我得待在这里，直到这位女士说可以了。"我告诉他，心里估摸着，大约只会得到一抹嘲笑作为回应。不出所料，这位崇高的矮小执法人员立即嗤之以鼻，俨然在说胡安动手揍他的女朋友，那是他自己的私事，旁人无须多管闲事。

　　矮脚鸡跟着彼得拉进屋去检查她的证件，胡安、我还有年轻实习生留在屋外的黑暗之中。胡安始终对我虎视眈眈："今晚你别想活着回家，克里斯托瓦尔！""胡安，"我警告他，"恐吓一个男人无所谓，不过当着这位警官阁下的面，这么做未免太愚蠢了，不是吗？"年轻警员的短棍、枪，还有那顶可笑的绿帽子在身边，好歹为我壮了壮胆。

　　最后，警官陪同彼得拉去警局。临走前，彼得拉向我保证，会有朋友来接她，一切安好。"谢谢，克里斯，"她说，"没事了。"

❧ ～～～❦～～～ ❧

　　开车回到家，与安娜吃一顿迟到的露天晚餐，就像每个盛夏夜晚。克洛艾窝在沙发里迷迷糊糊地打瞌睡。吃到一半，电话铃响了，安娜起身接听。"让克里斯托瓦尔接电话！"一个怒气冲天的声音传来。安娜把电话递给我。"喂，你好，请讲！"我说，却只听到对方"砰"的一声砸了话筒……"应该是胡安，"我实话实说，"打电话来确认我是否在家，然后他好来杀我。"

　　不知怎的，这通电话后食欲顿消。我们陷入了沉默，只听餐具叮当，葡萄酒倒入杯中，汩汩作响。午夜，安娜从桌边站起身。"肯定不会有事的，克里斯。不过，如果听到可疑的声音，你就大喊，我能听到。"她柔声细语地说完给了我一个温柔至极的晚安之吻，随即带着克洛艾去睡觉了。我则一如炎夏的平常夜晚般来到屋顶，在床下放了一把十字镐。

当下，十字镐是个忠实伙伴，用起来得心应手，顺势往脑袋上来那么一下，非死即伤。深更半夜，胡安远道而来，想必不会只想送我一束花……他必然要好好修理我一顿。他失去了彼得拉，我还从中掺和了一脚，他的满腔怒火无处发泄，此行是为自尊一搏。

耐人寻味的是，对这一事件，我却感到了一种内疚，似乎自己触犯了某种基本的生物天性，胡安理所应当来揍我，甚至更过分的行为都名正言顺。如此一来，岂非是非颠倒……我困惑不已。当然，待会儿如果有个人在这儿阻止我挥拳，打心眼里我还是很乐意的。我是说，等我冷静下来……不是吗？那胡安呢，那种情境下，胡安也会这么想吗？

夏日里屋顶成了我的卧室，视野极为开阔，且比房屋其他部位都高出一小截，一览无余。躺在床上时胡安不会找得到我，除非他决定从房屋背后偷袭，那可意味着翻山越岭，长途跋涉，一路小心谨慎。而我呢，已近满月之日，所以敌人发现我之前，我便能将他看得一清二楚，前提是一夜不能合眼。

　　试想一下，有人要来杀你，你躺在床上等着，会穿什么衣服？那夜很热，而酷热的夏夜，通常我什么都不穿。奋起自我防卫前，倒也不必手忙脚乱地穿衣服。只是，一个赤身裸体的人挥舞着十字镐，这副模样看起来可不像个令人生畏的敌手。所以，我决定穿上T恤与内裤作为我的战服，外加一双凉鞋摆在床下，紧挨着我的武器，随时准备穿上。

　　我躺着，仰望灿烂的夜空。夜空竟是如此明亮，一时难以入眠。我翻了个身，视线越过枕头，落在洒满月光的河流与山谷上。我试着轻轻呼吸，以便从流水潺潺中分辨出鬼鬼祟祟的脚步声。躺了一会儿，我开始有些不耐烦，再次翻身时迅速屈起手指敲了一下十字镐，确认它还在。

　　莫名其妙！一个月夜，我在屋顶上，穿着内裤，手握一只十字镐，时刻准备为保卫自己的生命而战，简直滑天下之大稽！我的人生，迄今为止还算满意，猛然间似乎越发令人留恋。我又敲了敲十字镐，翻了个身。有辆车慢慢驶进了山谷，车灯在拉埃拉杜拉的黑色岩石上闪烁。来了？！深更半夜，谁还会跑这儿来？他到达前我还有15分钟，假设他把车停在河对岸——他肯定得这么做，不可能一直开到农庄来。况且，他会认为，如此一来还能出奇制胜。

　　我匆忙穿上裤子，扣上凉鞋，握紧十字镐，坐在床上等着。现在，一切归于沉寂，汽车消失在山谷里。我掂量着十字镐，问题来了：如何用十字镐袭击别人？用后部敲裂他的脑袋？或者，毫不留情，一招了结这可怜虫的性命，用十字镐的尖刃将其劈成两半？

我迟疑不决。不过，估计一旦交战白热化，采取何种战术顺其自然即可。我的视线越过山峦，远眺河上的那座桥。灯光又出现了，沿着通往卡拉斯科的小路奔去。根本不是胡安，是午夜的访客，过河找我们的邻居。

又躺回床上，我想着彼得拉与胡安。曾经，我认为他们的相遇极为罗曼蒂克。或许实情并非如此。彼得拉生性宽容慷慨，长相迷人，乐观开朗，总爱尝试新奇事物。哥本哈根的办公室工作让她心生厌倦，于是来到奥尔希瓦，和一个来自休达的西班牙与摩洛哥混血小伙坠入爱河。他们在西班牙与摩洛哥间往来旅行，搜罗各种手工艺品在市场上摆摊售卖。某天，帕科——那位小伙子决定去印度修行，而彼得拉开始与一位在阿利坎特结识的装置艺术家兼职焊接工交往。一切看来风平浪静，她兴高采烈地打算带新恋人回山村与其他朋友共同生活。然而，某日，我在孔特拉维耶萨山中闲逛，突然被一大群绵羊团团围住。羊群后跟着几只脏兮兮的狗，还有握着一根棍子的彼得拉。呃，就是那个彼得拉，曾经是某家手机公司的文具采购员。

她说，这些羊是胡安的。我有点认识胡安，他是个沉默寡

言的人，我对他印象很好。她接着告诉我如何与胡安相逢相
知，现在已搬到他的农舍里，过起了牧羊人的生活。偶尔，我
会在镇上碰到彼得拉，她开着货车，车上装着成袋的饲料与牧
羊人的必需品。接着，彼得拉还告诉我，他俩去度了个假，把
羊群丢给两个堂兄弟照看，开着货车在西班牙兜了一圈。这
些，胡安以前想都未曾想过。

　　总而言之，彼得拉的到来丰富了胡安的生活，而胡安和他
的放牧生活新鲜有趣，令彼得拉耳目一新。"嗯，太棒了，克
里斯！"她迫不及待地告诉我，"好像打开了一扇新世界的大
门，和一群羊快乐地生活在山里，居然还有这种奇妙的生活方
式，其中的快乐简直没法形容。"她的眼里闪烁着兴奋的神
采，我相信她是发自肺腑的。

　　于是，现在，我独自坐在月光下，握着一只十字镐，等待
胡安——他在路上，要来杀我。我不禁有种幻灭感，翻了个
身，倾听着夜色里的各种声响。嗡嗡的虫鸣，一只虫"嗖"的
一声停在我的耳畔；一只角鸮在河上单调地咕咕叫个不停，
"咕——咕——咕——"，令人难以忍受。有一次，安娜的
姑妈露丝从布莱顿①来度周末。"你确定那边没有个什么工
厂？"她问，怯怯地凝视着山区夜晚的黑暗。"据我们所知，
没有。"安娜语调有些不悦。"那，是什么噪音？"露丝说，

————————
　　①　布莱顿，英国南部城市。

"像有人在打卡上下班。"

我听着角鸮的叫声，想起了露丝姑妈的那次来访。她对农庄大加赞赏："太棒了，住在大山里面，原生态环境，多么自由！喝着山泉水，远离都市的闹闹哄哄、吵吵嚷嚷、忙忙碌碌，又不必拼个你死我活，用不着整日穿梭在水泥森林里，没有望不到尽头的堵车长龙……"这般陈词滥调她絮絮叨叨，喋喋不休。后来，我们发现她很不放心山泉，连刷牙都用柠檬水。

我睡了一小会儿，突然间被一阵猛烈的狗吠声惊醒——有人入侵！重新穿上裤子，拎起十字镐，摸索着放在床边的眼镜。狗群狂吠不止，有人潜伏在房屋周围。来了！"好，你个混蛋！有种就来吧！"我放开嗓门，自言自语，仿佛从这些字句的声响以及语言暴力中获得勇气。我从屋顶往下望，无声无息。不过狗群仍然骚动着，似乎被什么激怒了。

接着，我听到了，是山谷里一只狐狸在召唤。那低低的嗥叫声中，对野性的向往，野生动物的精魂，夜之荒蛮与恐惧，令你血液战栗，毛骨悚然，令狗群失去理智。那是来自荒野的呼唤，激起狗群的惶恐不安，因为它们酣睡在火边的地毯上。那呼喊声唤起它们的记忆，唤醒它们的本性。与猫混在一处，早餐舔食狗粮与饼干，跟在人类屁股后头，这绝不是它们应有的生存方式。"跟我走吧，"狐狸召唤道，"这才是生命，沐浴着星光，穿过森林，捕捉满地乱跑的肥硕母鸡，听她们吓破胆而哭嚎，由衷地感到快乐！来吧，那不是属于你们的生活，娇生惯养的懦夫、懒汉，来试试看吧！"于是狗群忍无可忍。

除此之外，毫无其他动静。我回到床上，略感惋惜。而睡意却迟迟不来。今晚太令人兴奋！而且，假若胡安成功用刀刺中我，那么，这大概是我的最后一夜，仅在睡眠中虚度未免太可惜。

月亮继续往天边落去，滑向"黑色之山"赛罗内格罗背后，满天星斗。我仰望着银河，想起孩提时代。在父母那间旧宅里，我睁眼躺着，细听夜里各种恐怖之音，谁在把物品搬来搬去，什么"咔嚓"一声破裂了……一定是可怕的恶魔作祟，又是谁偷偷从床下爬出来？惊恐无法言语……

早晨，阳光透过窗帘洒进屋里，醒来那一刻，我总是又惊又喜，知道自己又安然度过一夜。多年后，"活着"这个事实早已习以为常。而今夜，我丧失了"继续活着"的信心，长久以来，这是第一次。

天色依然昏暗一片。我注视着群星，等待着黎明的到来。心底开始升起一点信心，或许可以如愿活到清晨。这时，我听到他来了。他当然会选择最黑暗的时间。他偷偷潜入山上的灌木丛，在那儿偷偷窥视，我却看不到他……我不寒而栗，再次摸索着眼镜，战战兢兢地在床边等着，举起了十字镐。我听见他的呼吸声，近在耳畔。接着，脚步声，小心翼翼，踩断了一丛灌木。我紧紧握住十字镐，听到他咳嗽，然后，一声震天响屁！谁能放这么响的屁？强壮如胡安也不可能……是洛拉，那匹马，它正在迷迭香丛里，津津有味地大口咀嚼，自在无比。

远处，雄鸡报晓，一只，又一只，继而角鸮停止了鸣叫。阳光漏下来，一只苍蝇停在我的鼻尖上，清晨降临！胡安不会再出现了！第二天夜晚，他也没有出现。

✿ ❀ ✿

我告诉马诺洛这件事。马诺洛一本正经地看着我："胡安？胡安！你别招惹胡安！他是个疯子，以杀人为乐！你知不知道他杀了老佩佩·迪亚斯？他还总跟人打架，连警察都怕他。呃，不过警察谁都怕，但是他们最怕胡安！他的靴子里有一把navajón——25厘米的长刀。他是个讨厌鬼！克里斯托瓦尔，你惹大麻烦了！"

"谢谢！"我回答，"没事了。不过，你怎么知道的？"

马诺洛眼珠转了转："我去年替胡安干活，在他的羊圈外面清理粪便。这王八蛋身强体壮，居然能一只手拎起一头骡子，而且脾气火爆。我宁愿跟头野猪在一块儿待着，也不想碰到胡安。"

"不过，"我摆出一副乐观的模样，"他昨晚没来取我性命，前天晚上也没有。现在，他大概不会费事跑来杀我啦！我应该已经逃过一劫……"

"不见得……他也很可能在夏天的集市上逮住你！夏天的集市上总有这类事件。到时他喝醉了酒就会闹事打架。你弄跑了他的金发女郎，他肯定气不打一处来啊！嗯，肯定，夏天的集市上他会教训你一顿！"马诺洛笑容满面地看着我。

奥尔希瓦的夏天的集市——该镇最大的节日，就在下周。现在，加上胡安一事，今年的集市比往常更好玩了。或许难以置信，集市其实并不完全是欢乐天堂。镇上居民过分沉迷于此，大肆狂欢，喧嚣震天，兴奋过了头，不免"擦枪走火"。游乐场上，每个游乐设施都发出自己的声响，一个赛过一个。街道上一排排货摊灯火明亮，糖果摊，彩票摊，在那儿能赢得逗人喜爱的塑料荧光玩具。这些货摊也放着自己的音乐，分贝极大，震耳欲聋。同时，广场的酒馆里也设置了屋内小型音响系统，音乐隆隆而出，日夜不停歇。说会儿闲话？想都别想。不过，本地人仍然泰然自若，坐着聊个不停，仿佛一切如常。我深信，西班牙人比我们的听觉系统更为发达。

似乎这些噪音还不够过瘾，集市也是一年中风力最猛的时节。风越过孔特拉维耶萨山顶缓缓刮来，在溪流与峡谷间爬升时猛然加速，接着穿过七孔桥，呼啸着攀升，怒吼着冲进镇里，狂舞的塑料袋与啤酒罐打着头阵。风声萧萧，哀号不止，不放过任何角落。风扬起沙砾尘土，刺痛眼睛，冲进鼻腔。如果你在广场上吃什锦饭，那得小心，别硌了牙。

奥尔希瓦夏天的集市惟一吸引人之处是游乐场上的美食摊，你可以一个小时又一个小时地倚在酒馆吧台旁，手捧香辣烤猪肉串大快朵颐，握着纸杯喝温温的干雪梨酒。这样的向往，外加克洛艾总爱和学校的伙伴在集市中玩耍，是我年年前去的动力。而今年Feria，我一定得去露把脸。我可不会因为某些杀气腾腾的牧羊人的威胁便与这个节日的乐趣失之交臂。就算他能一手拎起一头驴，就算他果真带着一把25厘米长的*navajón*……

我和安娜带着克洛艾一到镇上，就发现胡安正在街上和几个朋友聊天。我满心盘算着径直朝他迎面走去，亮一亮我的男子汉气概。但安娜丢下我和克洛艾走开了……明智之举！她深知我不可能在此大打出手，大出洋相，以教育我六岁的女儿。

克洛艾和她的朋友们去玩了，我安安心心地去小吃摊觅食，时刻准备着撞见胡安。马诺洛与多明戈都在酒馆里，多明戈来"安慰"我，说他确信不疑，胡安认定我是彼得拉的情人——否则我为什么要掺一脚？所以他对我怨恨未消。

然而，胡安，他还是没有再次露面。

夏天的集市后又过了几个星期，我在镇上碰见了彼得拉。上回暴力事件之夜后，我还是第一次见到她。她热情地拥抱了我。

"看在上帝的份上，别这样，彼得拉！"我退缩，"你还想置我于死地吗？"

"不，别怕，克里斯。我只是想谢谢你，那天晚上多亏了你！"

"别怕……说起来容易！要是那个危险的疯子看到他的金发女郎在大马路上抱着我，我就得任人宰割了……他还带着把大刀！"

"哦，胡安不是那样！他根本不是危险的疯子。事实上，我必须抓紧时间，我要去找他，把他送进医院……"

"什么？"

"他得了肾结石，疼得失去理智了。那晚他那副咄咄逼人的样子，在某种程度上跟这有关。他疼得受不了啦！我当时不肯带他去医院。"

"彼得拉，当时你为什么不说？"我震惊不已。

"那天恐怕是我错了。平时胡安像头羔羊一样温驯。就这样啦，我得走了，拜拜！"

我把彼得拉的这番话转告马诺洛。"嗯，胡安很正常，"他说，"他连只苍蝇都不会伤害。其实他也没有杀掉佩佩·迪亚斯，那人死于心脏病发作。毫无疑问，胡安根本不会对你有恶意。"

我斜着眼看他。

"那，靴子里什么25厘米长的*navajón*呢？"我问。

"我也不知道，"他冲我笑了一下，"我也没往他靴子里瞅过……"

A parrot in the pepper tree

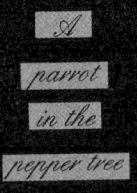

电话往事

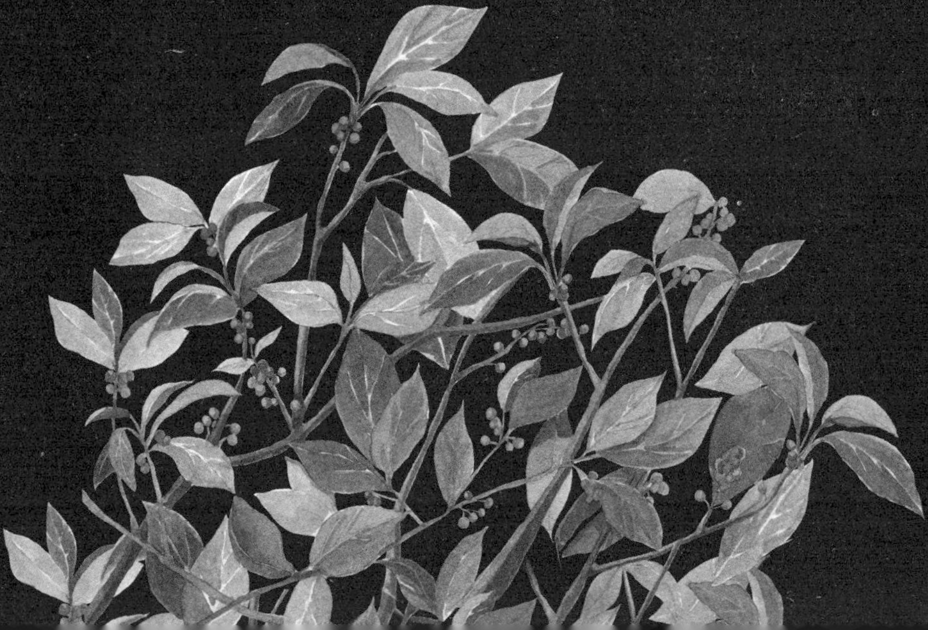

移居埃尔巴莱罗的这些年，我们一直对手机极为抵触。这片地区四面环山，手机毫无用武之地，自然吸引力很小。而通信技术总让我心神不宁。有一次在朋友家，整整一上午我握着一只电视遥控器试图拨通电话……安娜也算是个反自动化主义者，比如，她绝不碰电脑。不久前，有人送她一台旧IBM便携打字机，又大又沉，像台小型拖拉机引擎。安娜喜出望外——哪怕不论塞进何种纸张，它都会喷上一团轻机油。"这才是未来世界！"她举着机器进门时大声宣布。

埃尔巴莱罗多年不见电话的踪迹。我们写信给朋友，然后等待回信。偶尔遇上急事，便去提克拉斯的电话屋。村里一个勇于尝试的家庭率先购置了电话计费器，从而开展了这项公共服务。电话费本已贵得惊人，他们的要价更是翻了几番，俨然捡了桩好买卖。尽管费用不菲，电话屋却不是个自在打电话的好地方。电话和计费器安装在那家起居室的墙上，在一幅滴血之心^①图画与一束褪色塑料花之间。前来打电话的人显然是不折不扣的外侵者。

那时，去电话屋的最快途径得涉水过河，路况极差。所以，打个电话可是件大事情。首先打起精神徒步数小时，披荆斩棘，穿过漫至大腿的湍急河流。接下来还得顺利潜入陌生人家中，同时小心别把身上的河水滴在干净的地板上。

通常的程序是高声呼喊，告知你的到来，至少当地人都是如此。我却有点放不开，一开口就过于正式："冒昧打扰，不知可否借用一下电话，片刻即可。"听了这话，电话屋老板娘会抬头看一眼，又不置可否地低下头去，眼光落在我湿漉漉的鞋上，厌恶的神情久久不散。接着，她会做一个傲慢的手势，示意我跟她走进门帘。一到阴暗的起居室，她就"咔哒"一声将计费器归零，随后站在电话旁，双臂交叉，怒目而视。有时运气糟糕透顶，会举家前来围观，一同怒目而视。

我紧贴墙站着，拨着外国电话号码，冒着傻气冲围观者咧开嘴，直到电话那头铃音响起，铃音会持续一分钟——然后，断了。整个过程中，谁都不会移开目光。

"没人接。"我对电话屋老板娘说。

"没人接电话。"她体贴地向众人解释。此言一出，众人

---

① 滴血之心，是荷包牡丹花的英文名。

随即不满地嘟囔着，悻悻散去。

于是，我还得掉头回去，溯河而上，深一脚浅一脚，在岩石间跳来跳去，尽量赶在日落前回到家。

在西班牙的最初六年，我和安娜完全靠信件以及提克拉斯的电话屋凑合，连克洛艾出生时也不例外。回想起来，还真够将就。不过我们俩对现状心满意足，而且一致同意，没有电话这东西生活似乎更加美好。尽管我们本可以安装一个，然而毫无慈悲心肠的电话公司并不打算跨谷过河地为我们拉一条电话线。

某个夏日的清晨，我们在格拉纳达，路过一家商店正在推销新型无绳电话。我们进去瞧热闹，就像两个乡巴佬，还没弄明白怎么回事就稀里糊涂签下了购买协议。交易划算得匪夷所思。我们以特别价买下崭新的电话听筒与机座，并可享受偏远乡村地带补助，一个星期内将会有工程师前去查看并安装。

****

他确实来了，满身大汗，对山谷里的那座桥仍心有余悸，还不停抱怨接收装置里的电池没电了。接着，他又在农庄里遛了几个来回，发了半个小时牢骚，无非设法唤起我们的内疚之情——竟打算在这穷乡僻壤的农舍里装一台电话，害他如此大费周折。他越来越暴躁，终于表态，道那语气完全是一种气急败坏的控诉："不行，没用！这房子哪儿都找不着信号。你这儿太偏了，哪儿都挨不着。"

"但你刚刚说电池没电了。"我指出。

"很明显嘛，不过，跟那一点关系都没有！"他愤然咆哮，"等下，有一点微弱的信号，就这儿！信号太弱了，电话装了你也根本听不着！屋外还好点，就这倒霉地方吧，你就得把电话放在这儿。"他得意扬扬地望着我们。

"那儿不行，"我们倒抽一口冷气，"那在仙人掌丛的正中央。"

仙人掌（chumbo，更准确地称为chumbera），中文名是霸王树。如今在这座半岛上，家家户户种植此物，用以装饰。十六世纪，仙人掌连同龙舌兰以及金银财宝从美洲带回。当地人发现，仙人掌不仅果实味美，现已成为村村必备的食用佳品，还有吸收粪便的奇异特性，俨然是不可不提的西班牙乡间风情。去年，一位住在阿尔加河上游托尔比斯康的牧羊人向我展示他新建成的现代化农舍。他自豪地打开每一扇门，展示每一件新奇之物电视机、支形吊灯、整体式厨房，直到炫耀地将盥洗室门大敞着，说道："还有，这里是厕所，什么都有；还有自来水，我们去年装的。"他留神看我是否注意在听，"不过，感谢上帝，到目前为止我们还没必要用。"

仙人掌好处多多，不一而足，但确实不适合安放电话。虽然我也曾傻呵呵地猜想或许能将电话安装在室内，但显然不太现实。"你应该做的，"工程师说道，"是搭建一个亭子，放接收器。"

院子里的电话亭？呃，听上去不错。工程师刚返身离去，我们便开始讨论电话亭的建造。尤其安娜兴致高。"如果你打算在仙人掌丛里建个电话接收亭，"她建议道，"为什么不同时发挥点其他实际用处呢？比如说，狗窝！"

"还真是！你说，要给狗窝加个穹顶吗？"我总想着建个穹顶。

"管他什么形状，随你便。"听说将有一个狗窝，安娜已心花怒放：随便什么模样都行，如果有必要，架个飞拱都没问题。

我开始动手修建狗窝。既然是穹顶，那么建到一定高度之后，砖块自然应当开始向内倾斜。我翻开一本关于伊斯坦布尔的书，试图从一张著名清真寺圣索菲亚大教堂的照片中寻找灵感，不久便觉心灰意冷，重新推平。最后搭成的建筑看起来很像一只童话里的蘑菇，或者截去顶的东方佛塔底座。

两个星期后，一位新的电话技术通信工程师出现了。他与前一位截然不同，是个热心的鸽子迷。测试仪器里电池电力充足，我立刻与他亲近起来。

"那究竟是什么玩意儿？"他一到就问我，眼光落在"狗窝"上。

"那是用来放电话接收器的亭子。"我自豪地说。

"上帝，你怎么把电话放在那儿？！"他惊愕地望着我，"那亭子在仙人掌丛的正中央。"

我告诉他前任工程师的事，就是电池没电的那位。

"嗯……根据我的测量仪，你可以把电话直接放这儿，我们谈话的地方，就在厨房里……没错，信号足够好。"然后，他指着窗户上方的木框——电话机的理想之地。为了保险起见，他继续在这片区域内转来转去，看看能否找得到信号更好的地点。还好，没能。

"你养的那些鸽子真漂亮！"他望着我们屋顶的鸽群。

"嗯，很漂亮，对吧？"我自豪地夸赞道，"它们是扇尾。"恰好此时，鸽群在屋顶上啪哒啪哒地扇动起翅膀来。

"看到了，"他说，"我喜欢扇尾，不过你也知道，它们飞得不怎么样。我在家也养了鸽子，有些飞得很棒。如果你喜欢，我会带几只给你。电话一个星期左右即可开通。下次我来修的时候给你带来鸽子。"

那天，我们给在伦敦的母亲打电话，以此庆贺新电话降临农庄。此前，不知给她打过多少回电话，她的声音传入我的耳膜，而人却遥遥相隔。我从未如这般动情，想来此情此景确实不可思议，现在我居然能一边同母亲聊天，一边凝望着门外我们山谷里的群山与河流。我感觉到，她也同样深受感染。

"克洛艾在身后吗？天哪，我听到Bonka的声音了！"她激动地大喊。

随后，我们打电话给山谷那头的贝尔纳多。他也新安装了一台这新玩意儿，所以我们打电话交流感想，并互相道贺迈出了通向未来世界的历史性一步。我们农庄到贝尔纳多与伊莎贝尔在拉塞尼塞拉的农舍直线距离不过1公里，如果顺风呼喊，对方还能听得到。然而那晚，他的声音听起来犹如沉在水下1公里。我们尽力通了5分钟话，然后撂了话筒。贝尔纳多在电话那头的道贺，我一个字也没听清——如果电话那头确实是贝尔纳多的话……

第二个星期，工程师恩里克来修理电话。情况比他预言的还要糟糕，电话已经完全罢工。恩里克来的时候胳膊下夹着一只大纸箱，纸箱里是两只纯白的鸽子，直尾，体态优美。我们把这两只鸽子在扇尾的窝里关了一个星期，以便它们熟悉自己的新家，然后放了出来。出乎意料，这两只鸽子确实懂得飞行。它们一齐自屋顶一跃而出，展翅冲入山谷之上微微发亮的辽阔天空，远远地越过河流，飞向群山之上。深蓝的天空与幽暗的群山之间，两点白色分外耀眼。两只鸽子竞相疾驰而回，掠过合欢树，落在屋顶上。然后，它们再次完整表演了一遍。赏心悦目！

"我们的扇尾根本不会那样飞！"安娜说，"这群笨鸟。否则我们大概一辈子都不知道鸽子应该怎么飞！"

两只信鸽形影不离，一同飞得越来越远，而扇尾鸽群完全无视它们的存在，继续每日咕咕叫唤，啪哒啪哒地扑扇着翅膀。过了一阵，这两只出色的飞行家似乎开始鼓励笨鸟。扇尾会整日依次在屋顶边缘排开长队，所有不必忙着在下面鸽笼里孵蛋的鸽子全都参与其中。飞行家在队列后冷静地走来走去，一只只推出屋顶并阻止它们再次落地。其中几只笨鸟倒真开始尝试了稍大胆的飞行，甚至勇敢地飞过了桉树顶。此时，或许我们应该及早警惕。新来鸽子的高调飞行方式吸引了老鹰的注意，于是，我们的扇尾一只接一只地不翼而飞。信鸽飞行速度快，弯也转得急，轻易逃过老鹰的追捕，可怜的扇尾却成了它的囊中之物。

然而，有一天，只剩下了一只信鸽。老鹰终于成功抓获了它的同伴。侥幸逃过一劫的那只形影相吊，可怜兮兮地独自坐了几天，热切盼望着同伴归来；有时也会孤单地飞那么一小会儿，但依然无精打采。少了几只普普通通的扇尾我们并不介意，好歹还能控制一下鸽群的数量。而且，说实话，如此近距离地在屋里欣赏博内利的老鹰，还真令人兴奋。然而，信鸽丢了，我们怅然若失，痛别生活中的一道美丽风景。

一天早晨，我起了个大早，出门在河床上摊开燕麦与野豌豆，突然听到天空中传来翅膀嗖嗖掠过的声音。我抬起头来，一大群扇尾由信鸽领头，排成一列长队，往山谷另一端远远地飞去。最终，那只孤独的飞行家说服了其他鸽子，伴它一同翱翔蓝天。

工程师恩里克不断前来，可惜，他始终没能将我们的电话系统调整成功，像鸽子飞跃山谷那么轻松自在。通话时贝尔纳多始终听起来像在深深的海沟里。

一天，我和贝尔纳多坐在泉水边一棵无花果树的树桩上讨论这件怪事，多明戈碰巧骑着他的驴博顿路过。

"你也应该去弄个我们这样的无线电话。"贝尔纳多说道。这多少有点出乎意料。

"没错，真该装一个！"我附和着。

"要那个有什么用？"多明戈说，驴子晃悠了两步停了下来，"我给谁打电话？就算打电话，我要跟他们说些什么？"

我们两人思索着如何回答，多明戈又补了一句："不过，我还是对那些新事物更感兴趣，就是电脑里运行的东西……"我和贝尔纳多疑惑地与他对视。

"磁盘？"我自告奋勇地猜测。

"不是，是调制解调器。"他回答。当时，我对调制解调器毫无概念，贝尔纳多脸上凝固着笑容，估计他也一头雾水。多明戈并未意识到已无人应和，大谈特谈上英特网冲浪的乐趣以及在阿尔普哈拉斯联网的重重困难。显然，安东尼娅热切希望通过互联网在线展示他们的雕塑作品，不过这需要新一代的手机与一台便携式电脑才能实现。贝尔纳多不断点头以示同意，而他豪爽的笑容依然凝固不变……

"新的技术需要时间，"多明戈继续说道，"质量与价格总在提高。购买市场里的第一批商品，之后你就会发现那根本是坨狗屎。"

"确实如此。"我俩不约而同地嘟囔着。

博顿耳朵突然抽动了一下，挥走了一只苍蝇，然后若有所思地望着我们。多明戈发出一个不易察觉的命令，它又快步小跑而去。我和贝尔纳多继续坐在无花果树桩上，望着我们的邻居消失在路的尽头，没人开口。我们都没有重提所谓的调制解调器。我换了个话题。

"有时状态稍微好点。"我开口了。

"什么？"贝尔纳多问。

"电话，有时不太好，有时很糟糕。"

"有时完全用不了！"他很笃定。

"对，没错。"

"有人曾告诉过我原因，"贝尔纳多说道，"显然卫星的翅膀坏了一只，现在只能在天上一瘸一拐地绕圈，像三条腿的狗。"

我们又坐了一会儿，消化这一信息带来的全面冲击，直至贝尔纳多注意到山羊试图接近他的蔬菜，由此结束了我俩关于技术的探讨。

在最初新鲜劲未消的日子里，我们满脑子电话的事情。信号一路尖啸着直穿平流层到达此处，我们对这种说法深信不疑。如此一来，倒也可以解释，一个俗务缠身的都市人，身心健全，没服任何迷幻药物，在某天早晨醒来时，坚信自己听到了天国之音。

电话安装后没过几个星期，一天早晨，干燥、炎热，天空一碧如洗，与平日无异。醒来时，我听到山谷里回荡着一种微弱的古怪低鸣，嗡嗡直响。一定是某种超自然之音，令人深感

敬畏，仿佛来自岩石与山脉。我叫醒安娜，问她这会不会是
"末世的回响"。她专心致志地听了一会儿便失去了耐心，然
后回答……通常安娜醒来后的第一句话都跟茶有关。

　　"嗯……我听不出什么回响，就是一种低沉的嗡嗡声。"
她断定。我试图争辩，来自天外的回响当然有别于那些海边的
铜管乐队！不过她好像没了兴趣。接着，电话铃声响了，这么
早，倒不常见。电话那头似乎有人咬着潜水的通气管在吹泡
泡。我们猜测是贝尔纳多，想问问我们是否也听到了山谷里的
怪音，或者问问我们知不知道那究竟是什么。这声音似乎弥漫
了整个山谷，我甚至觉得，已然弥漫至全世界。

　　我的语气不容置疑："我们得有人去查看一下！"然后，
礼貌地停顿了一下（尽管在这种场合，似乎更应直截了当）。
我出门搜寻这一奇异现象之源。我下山来到河岸旁，在田间地
头奔走了一番，接着又蹑手蹑脚地走向河床，穿过柽柳树。音
调在哪里都一样，既不更高，也不变轻柔，仿佛来自世界的中
心，亘古不变。我默想着"天国之音"，那不可言说的嗡嗡鸣
响犹如巨大的熔岩块与气体在宇宙间横冲直撞。我走出桉树林
的阴影，发现声音大了那么一丁点——我离声源近了那么一丁
点。桉树枝上黄莺唧啾，声音柔和清亮。接着，我看到了他
们——两对年轻人，盘腿坐着，围成一圈（如果4个人也能算

围成一圈的话），正专心致志地吹奏迪吉里杜管①。

其中一名演奏者一眼瞥见了我，吃了一惊，抬起头来。音乐声停止了。

"早上好！"我打招呼。乐队成员把木制长管从嘴边拿开，放下。

"你好！"个头最高的一位成员回答。他嬉皮士打扮，却相当干净利落，衣着整洁，浅黄色的短胡须。"我们在你们的土地上扎营，希望别介意……"

"不会，请自便！我们可不是每天醒来都能听得到迪吉里杜管的音乐。"他们挪出空地来让我加入其中。

我得知，他们来自比利时，四处漫游，教吹迪吉里杜管。他们凭借这玄妙的一技之长走过安达卢西亚。这在移居阿尔普哈拉斯的人们中倒也算不上出奇，本地有来自丹麦的弗拉门戈教师与一个从萨塞克斯②来干活的小伙。不过，可以想象，在广阔的安达卢西亚，愿意跟佛兰德人学迪吉里杜管的学生多么难找。我径自悲观猜想着，坐在沾满露水的草地上，在他们的货车旁，听他们介绍这件古老乐器。

迪吉里杜管是一截桉树的长树干，中间已被白蚁蛀空。迪吉里杜管不是制作出来而是找到的。当然，你可以按自己的意

---

① 澳大利亚土著使用的一种乐器。
② 英国英格兰东南部旧郡。

愿来装饰，而最枯燥无味的制作工作已经由白蚁完成——桉树芯坚硬如铁。这件乐器非常环保，除了噪音，对生态环境可谓影响甚小。

我免费上了一课，但这木管仍然一声不吭。如果学会了，便可以发出连绵的悲鸣声，鼻子吸气，同时口中向长管吹出气流。我自己内心深处，也曾做过浪迹天涯的梦，放浪不羁，无拘无束，拎着我的迪吉里杜管，从一个城镇走向另一个城镇……然而，考虑再三，我决定不将一生奉献于此。

向我的老师们挥手道别后，我回到屋里吃早饭。我得打个电话。

没过多久，打电话就不那么浪漫了。本来，我们就没什么电话需要打，而已经打过电话的人我们也已无话可说。然而，接电话仍笼罩着不可预知的色彩，依然令我们兴奋不已。在一个又一个夜晚，我们围坐着，目光斜落在电话机上，希望它会响起来。不过，这多半是空想。

第一个拨通我们电话的是牧羊人。那时快到收获的季节了。我们农庄的电话时代来临前，牧羊人若希望我去帮他们干活，都得登门拜访，通常骑着骡子或者步行。而另一些牧羊人则会托他们迈入现代生活的朋友用货车载一程，即便如此，此行依然大费周折——牧羊人大多在山里放羊，离埃尔巴莱罗相当遥远。

如今，使用手机对于阿尔普哈拉斯的牧羊人早已不在话下，不过我们当初装电话时可大相径庭。那些久远的日子里，手握话筒是一件相当严肃的事情，头脑清醒的时候还做不来。

通常，一位牧羊人等羊群归圈，一切收拾妥当之后才出发去村子，找到一间提供电话服务的酒馆。日落前羊群若被关得太久大概会闹翻天，而羊圈内外的零碎杂事得花整整半小时，骑上骡子或者步行前往村子则需要1至3个小时不等。到了酒馆，最终拿起电话机进行这份陌生且令人惶恐的苦差事前，牧羊人得先灌几杯黄汤下肚壮壮胆。所以，这通电话最早也只能在半夜时分打来。

拿起话筒，首先冲击耳膜的一定是嘈杂的喧声。酒馆里乐声震天，可能还会有吃角子老虎机发出的电动声。而对方却长时间沉默着。

"工作的事。"安娜递给我话筒。

我脑中浮现对方握着话筒头的模样，离了有一臂远，厌恶地瞪着它，大声嚷嚷。话筒的振动膜离耳朵过于遥远，话筒里传来的回话他们一个字也听不见，况且酒馆里还人声鼎沸。所以牧羊人会继续暴躁地对着话筒大声呼喊。

"克里斯托瓦尔！"话筒里传来一声怒吼，粗声粗气，但音量微弱。

"是我，说吧……"

"克里斯托——瓦——尔！"

"行，我能听得见。说吧，什么事？"

"克里——斯托——瓦——尔——！"

"是——我——！你想说——什——么——"

对方默不作声。这位牧羊人正盯着眼前这拖着电线的塑料物件——他对着它咆哮，而它现在竟然也咆哮回来。他百思不得其解。

"克里斯托瓦尔——你什么时候——来帮我——干活——"

"你是谁？"

"克里斯托——瓦——尔！"

"在呢，我听见——啦！告诉我——你是谁——"

这一来，对方又陷入一阵沉默。接着，他似乎在发牢骚，继而询问酒馆的人，得到一些建议。

"克里斯托瓦尔……"

"嗯，我得……"但晚了，对方早已不耐烦，砰地撂下了话筒。

每每与牧羊人通电话便是如此。不过，渐渐地，对于打电话，他们习以为常，一些必要的社交活动也能应付自如。情形逐渐好转，甚至有一天，我们居然能在电话中彼此交换一些简单信息。

当然，失误在所难免。某天晚上，夜已经深了，克洛艾接了电话。我注意到她匆忙把听筒从耳边拿开，以免被电话那头沙哑的吼声震聋。

"不，"她也冲着听筒大喊，"你没——法——跟我丈夫说话，因为——我还没有——丈夫。我——才——7——岁！"说完，她"砰"的一声挂了电话。

我心中禁不住升起一股自豪感，为我女儿所表现出来的那一点率真性情。

后来，有一天深夜，电话又响起。我拿起话筒，准备好承受那震耳欲聋的叫嚷声。

"克里斯，"声音柔和，"是你吗？"

感谢上帝，原来是个知道我们电话号码的人。

"头儿！"我喊道，"告诉我，外面的广阔世界里都发生了些什么？"

"嗯，"纳特（她是我伦敦的编辑）说道，"你坐下来了吗？我可有一堆消息告诉你。"

"不，我不坐下来，我被电话困在角落里呢。在这儿就是这样。不过我倚着其他东西呢。"

"我要告诉你，"纳特声音温和悦耳，"可别太激动啊！《吉他羊奶天堂》将在广播里播出，而且各地都会播。"

我呆望着电话机。从没预料到竟会有这样的好事，仿佛一头闯进当地的园艺盛会，发现自己赢得了一枚切尔西花展① 的玫瑰花冠。

① 切尔西是英国伦敦市西南部旧区自治市，为文艺界人士聚居地。切尔西花展为世界最著名的花展之一。

A
parrot
in the
pepper tree

树 叶 男

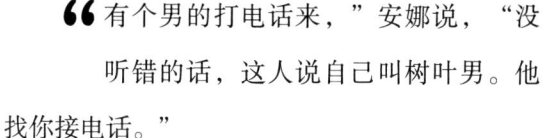有个男的打电话来，"安娜说，"没听错的话，这人说自己叫树叶男。他找你接电话。"

我嘀咕："怎还有这种古怪名字？"我俩一起对着电话发愣，仿佛能从中琢磨出一些线索来。但当我拿起听筒时电话却断了线。然后，我恍然大悟：是新闻记者，《星期日邮报》的利思。我的书已在英国出版，而且居然并未无声无息地消失。安娜对此将信将疑。实际上，凭借几个不错的评价，外加在第四广播台播出，我的书竟一举冲进了纪实文学图书排行榜。

利思的电话终于打通后，他说他打算做一个报道，将出现在西班牙，来我们家中面谈。"我会在马拉加找辆车。"我试图提醒他小心，这一路可能会有麻烦，但他全然不放在心上："很快我们就能见面了。"

　　"这人不会自以为能找到我们这儿吧？靠书前头那幅地图……"安娜说，"就是你自己随手画的那张。"

　　我不禁为自己的手绘地图感到内疚。那上边随意画了几株桉树和几片橄榄林；本该如实地标注一条路迹或者弯道……这幅地图仿佛出自《燕子与鹦鹉》[①]，我从未想过会有人当真。

　　最终，摄影师尤金与他的助手先行到达。他们用报社的费用轻车熟路地租到一辆顶级银色沃尔沃，载着他俩和装备直奔埃尔巴莱罗。碎石路上的一阵滚滚尘烟之中，这两个家伙出现了，疾驰而过。山路崎岖，但他们不以为意，猛冲直下，一头扎进河中，一往无前地涉水而过——通常人们只敢拿高悬挂的坚固四驱车来冒这个险。

　　"不过是辆租来的破车而已，"尤金慢悠悠地说，"他们也不指望你每周在山野别墅外给它抛光打蜡，对吧？"尤金看上去事事满不在乎。

　　摄影师们一一搬出他们巨大的摄影包、箱子、银色反光伞与彩色背景、闪光灯、充电器和三脚架。我在一旁转悠个不停，觉得这俩家伙仿佛来自外太空。尤金解说道："上周我们

----

　　① 英国儿童文学家亚瑟·兰塞姆著名作品。

搞定了绿洲乐队，额（而）下周是辣妹组合！"

"不错啊！"我在灰尘中挪着脚趾头。

"你这儿可真开阔！"尤金说着，大嚼我们摆出来款待客人用的腊肠、火腿和橄榄。他问："不是说有个记者要来这额（儿）吗？"

"没错，就是那个树叶男，不过到现在也还没出现。我估计他走丢了。"

"没虾（啥）好吃惊的！"尤金眯眼看了看太阳，"好，我们先去割（喝）一两瓶啤酒，额（而）后你们全体在露台上坐好嘞（了），我们拍照。"

电话铃响了，是树叶男！他迷路了……安娜接了电话，给了他详尽的指南，告知通往山谷的路。

此地的7月炎热无比，碧空如洗，骄阳似火。尤金的助手安德鲁居然在露台下支起了一组庞大的泛光灯。

我喊道："这大热天的你支这么一堆玩意儿要干吗？"

"这么着拍出的照片儿好。"尤金声称，并将更多唐突的长物件装入相机，"我可不喜欢自然光，自然光太不靠谱。你的邮报读者绝不想看到在自然光下拍出的东西。克里斯，收拾收拾脑袋上的头哈（发）如何？"

"不，别，这可是我心目中的'飘逸发型'，或者有其他什么名头……"

我伸出手把头发捋得更乱一点。

"瞧瞧，现在怎样？"

"灰（非）常像回事儿！来，向上看镜头，咧开嘴，来点儿笑容。"

这当儿，电话又响了，是树叶男，他还找不着方向……

尤金与安德鲁开始来回折腾我们一家三口，不停地变换位置，扭成千奇百怪的姿势，宛如泰迪熊玩具一家般推来搡去。之后，他俩往我们手中塞了奇形怪状的道具，倚靠着形形色色的东西，更换了各式各样的镜头、滤镜、反光伞与背景布，将之前的步骤全部重演。最后，又让我们一家三口站着，手牵手在河水里跳上跳下。"放松，自然点，要知道，我希望拍下你们日常生活的模样。"

我们感觉自己像个弱智家庭，而照片出来后，不出所料，无疑是三个刚从某机构释放出来的傻瓜。尤金和安德鲁仍然不停地打趣，大家开怀大笑。镜头对准我们要求露出笑容的时候可没法这样，那会儿我们看起来呆头呆脑。

一个上午，树叶男打了若干次电话，每一次都更接近迷途的深渊。可怜的树叶男给众人带来了无尽的欢乐。这家伙似乎还是个著名记者。

"为什么邮报要派个'著名'记者来？我们也不算大新闻。"我犯迷糊。

"他们还是把你当大人物的，"尤金安慰道，"就算没辣妹组合那么当红。所以，他们给你派来了树叶男。"

午饭前，威廉·利思终于出现了。我从未见过一个人如此狼狈。惊慌失措的神色未消，烦躁不安。他也是一头"飘逸发型"，一路爬上山坡已被汗水濡湿，眼镜上沾满尘土与污渍，那摇摇摆摆的样子真的很像……像一片树叶。他踉踉跄跄地进屋，一头栽进椅子里。

"我是威廉，"他喉咙嘶哑，舔着干裂的嘴唇，"可以给我一瓶啤酒么？"

我给他拿来一瓶西班牙本地产的小瓶装啤酒，其容量连一品脱的玻璃杯都倒不满。威廉蜷在椅子里，尤金和安德鲁对视了一眼，又转脸看我们，我们则揶揄般地回望他俩。安娜瞪了我一眼。威廉将啤酒一饮而尽，抬起头来，发现余下那些没有对视的人，不约而同盯着他。

"老天，"他叹道，"还有吗？"

他陷在椅子里干掉了第二瓶啤酒，仿佛某种生物莫名其妙闯入了错误的空间之中，好比一头深海章鱼落入了游戏厅……众人依然目不转睛，猜测他接着会开口说什么。直到第三瓶啤酒下肚，威廉才重新具备了正常交流的能力。

"主啊！上帝！那个路！这辈子我还从没这么害怕过！还有那座手工搭的桥，简直像野战训练场一样！我还以为必死无疑……对上帝发誓，看看我这副模样，还在打哆嗦……洗手间在哪儿？"

我们估摸着那些路和桥的极端体验导致他腹中翻江倒海，于是急忙领他去洗手间。但这家伙却没有关上门，在我们目瞪口呆的窥视下，他仔细查看着橱子里与架子上的瓶瓶罐罐，依次拿起来，转动一圈，阅读使用说明。

"这家伙是个记者，"安德鲁解释，"他们总那样，没治了。"

尤金在一边窃笑："他立马会往你的内裤抽屉伸脖子！"

不出所料，洗手间解决之后，威廉果然晃进了卧室。

"想要成为著名作家，"安德鲁评论道，"瞧吧，就是这样。"

❧❧❧

我并不确定自己曾想成为著名作家，不过当我们坐下来安心吃午餐的时候，威廉已从旅途精神创伤中恢复过来，神采奕奕。我们毫无顾忌地开怀畅饮了一番，然后，威廉摸出笔记本开始采访。

　　他提出五花八门的问题，一一盘问，有些犀利尖锐，让我和安娜颇费脑筋。我对这家伙好感顿生，并开始认为我们的生活大约也能凑成星期日报刊上的一篇趣味文章。我有问必答，只中断了一次，原因是安娜恶狠狠地用眼神警告了我……话题随即友好地转成论述"有机农业及农业产业化的是与非"，威廉礼貌地听完，转向我，翻开了笔记本新的一页。

　　"在书的后记中提到，"他问道，"你是'创世纪'乐团的创始人之一。真的吗？"

　　"嗯，没错！"我回答，不免扭捏起来，"不过，那已经很久远啦！而且，我也只参与了不到一年。说实在的，那些事我都记不太清了。"

　　"好吧，记得什么就说什么吧。"威廉紧追不舍……

A parrot in the pepper tree

从"创世纪"到马戏篷

我开始向威廉讲述那段日子。不可思议,一切都始于克利夫·理查德①。

十三岁那年,我立下人生一大志向——我要成为克利夫(此人——强调一下——当时仍是个异教徒摇滚歌手)。并非一味模仿,而是彻彻底底地成为克利夫。在我眼中,成为克利夫意味着得到生命中的一切。三十五年后的今天,我意识到自己错了,不过这丝毫无损于怀揣明星梦想的少年时代。幸运的是,不久,机遇竟摆在眼前。我压根儿不会唱歌,所以这一梦想仅止于此,转而将未来寄托给克利夫的吉他手汉克·马文。

当然,成为汉克·马文也绝非易如反掌。万能的上帝在前方设置了许多障碍——我生来便是音盲,而且手指甲糟糕透顶,吉他手都避

————————
① 英国演员、歌手、商人。信奉基督教后,音乐风格由摇滚作主调变为流行音乐作主调。

之不及。不仅如此，这些指甲并未生在唯美主义者的修长指尖上，却仿佛安在装配工老兄的火腿状防护手套前端。

如果没有我最要好的伙伴邓肯，这些基因可能将我的音乐生涯扼杀于萌芽之中。他是个很妙的朋友，精力充沛，桀骜不驯，多少有点滑头。在我就读的这所寄宿学校，他算得上鹤立鸡群。我们这群不求上进的小伙子常骑着自行车去酒吧喝酒抽烟，而邓肯却留下来，进行每日三小时的固定吉他练习。他是个奇才，在假期里跟随约翰·威廉斯上吉他课。

一起挥霍十五岁时光的那年夏天，我和邓肯遇见了两个女孩。我们花了整整一个假期追求她们。其中一个金发女孩高挑苗条，只消一个回眸，及腰长发一甩，顿时天地黯然失色。而她的名字居然叫夏娃。相形之下，她的朋友却土里土气，眼光频频聚焦于那撮棕色的直刘海，查看发梢是否分叉。我不记得她的名字，不过罕有的一两次，我与她对视的刹那，闪现的那抹异常甜美的笑容，我倒记得真切分明。只是，我一味闷头于与邓肯争抢夏娃身边的座位，或者把他推向舞池，又或者绞尽脑汁以诙谐言辞来吸引夏娃的目光。

如此情形持续了数周，我和邓肯身心俱疲，但有时其中一人会占上风。但为了夏娃，一切都值得。有一天晚上，夏娃的父母去了伦敦，邓肯带着吉他来到她家，弹奏了一系列精妙编排的乐曲片断，以赢得一位十五岁少女的芳心。他深情凝望着夏娃，那一刻，我明白自己已经出局。

夏娃的朋友意识到我俩该离场了，一个温情的手势拯救了我。她领着我走向公交车站，一路说个不停。邓肯的吉他声渐弱。上公交车前她让我直视她的眼睛，保证我会直接骑车回家。我慢慢踩动着自行车踏板，穿过海沃兹希思的街道，路过保龄球馆、玫瑰皇冠酒店，沿着回家的小路，在夜晚的毛毛雨中抽噎着，怅然若失，只觉生不如死。十五岁时的心碎，那种滋味真不好受。

回到学校，我还活着，实属奇迹。为了未来不至沦落为独身，我从邓肯那里买来一把旧吉他，附赠免费的几节课程。手指弹拨着琴弦，我满心敬畏——这是我眼中最强大的魅力武器。我试着给吉他调音时，突然意识到自己是个音盲。音乐老师可能会说，世上并无"音盲"。然而，事实上，确实有，我就是……我不仅调不了这把该死的吉他，甚至走了调也完全听不出来。我磕磕绊绊地弹起《日升之屋》，乐滋滋地从头弹到尾，却完全不知为何走廊已空无一人；而学习屋的门也一扇扇砰砰地关上了……

然而，我依然坚持。邓肯每周为我调一次弦，我会一直弹到手指开始告饶……我的进步微乎其微。大多数人一周即可完成的练习我得不间断地弹上三个月。即便如此，到了学期末，我已熟练掌握E小调与A大调的和弦，甚至能在两者间自由转

换。但这还远远不够，音乐的汪洋大海等我去乘风破浪，而我
才勉勉强强将船驶出了海港。不过，我可以表现出两个和弦之
中的某种感染力，进而灵活地发挥，谁说我学不会？

第二年夏天，我跟随学校旅行团去了奥地利，试着学习德
语。旅行团中有个叫作斯金纳的男孩，傲慢自大，恶声恶气，
但家庭富裕，仪表堂堂，会（那个年纪我们多多少少都会）唱
歌，弹起披头士乐队的歌曲来技巧纯熟，相当出彩。去萨尔茨
堡的长途火车上，斯金纳的演奏让女子学校旅行团的所有姑娘
心醉神迷。只是，一旦有人冒冒失失地想加入演奏，他便转动
眼珠，尖声嘲笑，令其魅力大打折扣。

我自恃不怕丢脸，一直等到认出他手指的位置是在A调还
是E调时，随即跟着弹起来，看似漫不经心地拨弄着琴弦。演
奏并无十足把握，我试图将能力的缺陷转换成音乐表现上的羞
涩。说来也奇怪，效果居然如料想一般。玛吉，来自女子学校
旅行团的闪亮奖品，鼓励我迎向两和弦的更大胜利——当时尚
不知熟练运用弹拨片并非全部技巧。接下来的三年，玛吉在我
的生活中遮云蔽日，直到她离开我奔向一个声名狼藉的英俊
诗人。

我所在的那所寄宿学校卡尔特修道院中学，每个学生都必须加入军团——男孩们的军事组织。每周两个下午，偶尔甚至会是周末，进行全然无谓的可笑军事操练以及体能磨炼。除此之外，还教授些索然无味的东西。有些方式可以逃过此劫，最佳途径是加入"鼓乐队"，演奏（并擦亮）某种铜管乐器，或者砰砰地敲鼓，这无疑正可以发挥我的音乐才能。

我报了名，领到一本鼓乐小册子，一对山核桃鼓槌，外加一只小军鼓，有带穗的挂绳、鲜艳的箍环，非常漂亮。那些阴沉的下午，学校里其他学生都在雨中立正、大吼，被一个人大声辱骂。此人被称作"沼泽死神"，训练士兵可谓一丝不苟。而我们鼓手则无人看管，在鼓室里无所事事，抽烟打趣，练习复合跳、滚奏、叠击……

一学期有那么一两次，我们被放出去表演那些差不多已经学会的玩意儿。我们火急火燎地冲出鼓室，俨然一伙有失体统的男童军出门去丢人现眼。鼓乐少校奥斯本大摇大摆地走在前头，大肆挥舞着指挥棒；威尔士白痴霍普金斯重锤敲击着低音大鼓。这一干人等将轰轰烈烈地上演一场捣蛋版《橙色岁月进行曲》。好在人多势众，我们只管浑水摸鱼，偷偷窃笑，得意无比，惹得"沼泽死神"火冒三丈。往右转时我们转向左，原地踏步时我们直冲向前，向右看齐时我们偏向左。我们强忍着大笑，直不起腰来。

即便如此，我仍然学会了敲鼓，而且竟无比着迷，不管上哪儿都带着鼓槌，吃饭的时候就用刀叉在修道院的长餐桌上丁零当啷地敲击进行曲。如此这般，学童时代的军事生活把我领向了"创世纪"。

学校里有个比我年长一级的男孩，名叫加布里埃尔，为"绅士同盟"爵士乐队敲鼓。他有一套老式的大架子鼓，皮面已经松散，敲上去轰轰作响。一两次空闲的时候，他教我怎么使用踏板、镲片，外加一点儿切分音的知识。我用军乐鼓的技巧来适应爵士乐。

爵士鼓震撼了我。我一头沉入其中，四处寻找敲鼓的人。学校里至少有一打乐队，他们一旦离开，我就立即跳上凳子，仿佛走火入魔，到最后看到架子鼓我都想吐……我完全放弃了吉他，转而投入新爱好，日夜练习。

同时，我的师傅加布里埃尔开始在他的乐队里唱歌并吹奏长笛。吹长笛得腾出手来，所以他让我替他敲鼓。这简直是通往天堂的邀约，我自然为之雀跃。我们演奏加布里埃尔最喜爱的灵歌与节奏布鲁斯。《敲木祈福》与《街头之舞》……奥蒂斯·雷丁、珀西·斯莱奇、威尔逊·皮克特……学校典礼、假日舞会都少不了我们的表演。不知怎的，我们竟晋升学校最佳乐团，人人皆知。我们习惯于从赞美诗中撷取旋律片断，大约因为这个缘故，中途加布里埃尔将乐团重新命名为"创世纪"。

事情或许仅止于此，如果加布里埃尔未曾斗胆将我们的演奏小样寄给乔纳森·金（此人特立独行，早些年也曾在这所学校就读，一曲令人惊艳的《人人去月球》成为当时第一热门）。金清醒地意识到他无偶像潜质，继而转型成为一名音乐制作人。他听了"创世纪"的录音，出于某些至今无法查证的原因，认定我们青春期自娱自乐的歌曲中有些什么可以推动我们一举打入排行榜的因素。

金安排了录音，在图腾汉厅路上一个装饰着一排排鸡蛋盒的录音室。我们乐团满腹狐疑地齐集伦敦，录了三四首歌。这些歌不是最流行的曲风，或者，老实说，甚至算不上好。不过，单曲的发售是为了烘托最值得珍藏的歌《寂静之阳》。这张唱片售出了100张，看来撑上克利夫前路漫漫。

创世纪乐团是一群有音乐理想的小伙，坚持着音乐之路。然而，在他们的故事里，我所扮演的角色即将完结。一些宣传照也让我闷闷不乐。后来，在父母的坚持下，我回到了学校。而另一位成员，他的父母对把流行音乐当作职业选择的态度宽容而开明，他留了下来，并着手录制专辑。他们需要一位成年鼓手，于是，我被解雇了。

　　于他们而言，这是一个正确的决定。我确实不是一名好鼓手，而且永远也成为不了菲尔·柯林斯。可当时我却心烦意乱，如同错失夏娃般心灰意冷。但是，彼得·加布里埃尔出现了，带着一张总计300英镑的支票。我大吃一惊，显然，乔纳森·金打算把所有事务处理得干净利落，而在一张纸上签个字便可扫清未来唱片中可能出现的一切版权问题。

　　我根本不相信自己的运气——那真是一大笔钱！

⤛⋆⋆⋆⤜

　　第二年，我离开了学校，只有艺术一门课通过了考试，前途渺茫。于是，我决定再试一次，或许还可以成为一名专业鼓手。我参加了一些爵士鼓课程，并在一份乐手报纸《旋律制造者》上登了广告。广告全文如下：绅士，18岁，寻找鼓手职位。

　　一如我的预料，这不靠谱的一行字招来了同样不靠谱的回复。其中一条来自"格伦·米勒大乐队"，他们每周四晚在布赖顿市"犬兔相逐酒吧"演出。该乐队自称以"彩排与狂饮"为主业。我和他们碰过几回面。另一条（总共只有两条回复）来自"罗伯特·福塞特先生马戏团"，他们在米德兰兹与英国北部巡回表演。

亨利·哈里斯面试了我，并给了我这份工作。他是一个很老的小丑，满脸古典式的愁容。如果他没在路上奔波，就住在布赖顿郊外的一辆面包车里。亨利的部分表演是当喇叭里演奏《我的蓝色天堂》，烟雾从小孔中喷出时，他在场内笨拙地走来走去。这与吹奏乐器并无直接关联。

马戏团管弦乐队的另一位成员是个刻板的人，打扮得干净利落，名叫肯·贝克。他有一半波兰血统，极为柔弱娇气，双手纤细小巧，正适合弹吉他。然而，他却弹奏最令人讨厌的乐器电子风琴。"见到你真高兴，克里斯。"第一次见面时，他充满热情，"我敢肯定，我们将会成为绝对不凡的组合！"

✤✤✤✤✤✤

我们在利兹的昆斯剧场拉开了1972年夏季的演出序幕。我和肯坐在高轮上的一个箱子里，身穿镶亮片的红色夹克，戴着蝴蝶领结。演出之前我们排练预演过几回，肯弹奏旋律，我在一旁砰砰敲个不停。"加点儿急鼓滚奏，渲染些紧张气氛。"小丑亨利说，"你能行！"

然而亨利忘了提醒我，肯有个毛病，一个马戏团风琴手的大毛病，他不会即兴演奏，只能照着谱来弹。在马戏演出中，一般用不着弹奏一首完整的曲子，只需在演员们入场时配上一些欢快活跃的曲调，然后在表演中调动某种气氛，随着演出的进程，把一些歌曲杂糅在一起。到某些扣人心弦的场景，现场出人意料地安静下来，当众人心脏几乎停止跳动时，一阵清脆急促的滚奏鼓声响起，镲片铿锵，演员扑通一声落进安全网或者抛出了最后一把飞刀。最后演员们滑步出场时再来个终曲。

这份工作可不像听上去那么简单，至少对于风琴手而言。一次长时间的表演会弹奏一打以上歌曲片段。大象内利郁郁寡欢地缓步过场，跪倒，站起，站在木桶上……此时如果从头到尾不间断地演奏一首《大象内利》，观众就会厌烦。每个动作都必须配上相应的音乐片段。肯看不见演员，因为他的脑袋始终埋在音乐堆里，风琴上放着厚厚一摞乐谱，每换新的曲段，他就得摸索出新的乐谱来，放在谱架上，挽起袖口，乐声才会穿插而入。所以，我的一个关键任务是向肯传达马戏场内的当前状况，然而混杂着隆隆的鼓声，轰然的风琴声，喧腾的人声，马戏团领班安德烈的刺耳叫声，他通常听不到。

我们的第一场演出——在塞雷娜·巴龙托尼表演华丽的空中飞人，实在不堪回首。塞雷娜是福塞特家族的一个远房亲戚，和她的兄弟罗科一起进行毫不出彩的杂耍，主要由他俩阴沉着脸，一边绕场跑，一边越过一大堆落下的木桩、短棒和燃烧的木头。塞雷娜自己在吊架上的表演倒还凑合，虽不至于让观众心甘情愿地大老远跑来观看，但也算过得去。在马戏团帐篷顶的绳索与横木上跳跃也需要一定的胆量，尤其身为一个平庸的杂技演员而非艺术鉴赏家。

塞雷娜紧随塞尔达上台。塞尔达是马戏团之花，一头乌黑的长发紧紧地梳成马尾辫。她以芭蕾舞步站立在一匹或者几匹马背上，绕场慢跑。所有的小姑娘都哦哦呀呀地连声惊叹起来。当她在场内飞驰，对未来的职业也有了不顾一切的向往。如果我记得没错，退出马戏团后塞尔达加入了影片《豪勇七蛟龙》。

"好了，肯，"我用气声说道，"塞尔达走了，安德烈上台了。接下来是塞雷娜弹《巴西》！"

"女至们先争们（女士们先生们），"安德烈吼道，"够人心弦（扣人心弦）的功中背人（空中飞人）表演来了，欢迎再——雷——娜——巴龙多尼角姐（塞雷娜巴龙托尼小姐）！"

"她来了，肯……肯！《巴西》！"

塞雷娜似乎痛下一番决心后才大步迈进场，咧了咧嘴以示笑容。一片沉寂。她旋转一周，以便更多观众领略其笑容与怒容并存的面孔。继续沉寂……

"肯，她进场了——《巴西》！"

"好，克里斯，好好！"肯开始急躁。乐谱滑到了一边，他没法斜着看。最终《巴西》的开场和弦颤颤巍巍地从风琴中冒出来，但是，太晚了。塞雷娜已经将绳索准备妥当，恶狠狠地瞪了乐池一眼，开始沿着绳索往上爬，尽量让她强壮的骨骼显得身姿优雅。"《带我飞向月球》，肯——上帝啊，快点！"

肯依然沉浸在《巴西》之中。塞雷娜升到绳索一半时，曲调戛然而止，肯开始四处摸索。漫长的停顿后，《带我飞向月球》响起，但还是晚了。塞雷娜已经缩小成一个闪光的人影，高悬在脆弱的吊架上，正鼓足勇气准备向空中飞跃而出。这时需要一阵可怕的寂静，然后由一串急促的鼓声营造紧张气氛，令人心跳加速手心冒汗。咚——咚咚咚咚咚——砰——砰！然而，渐强的鼓声之后竟有《带我飞向月球》的曲调拖泥带水，紧张感也变得不伦不类……

"好了，肯，她开始摆荡。来个最棒的——《剑舞》！"这时，我没工夫管风琴了，伴随着塞雷娜的表演，吊架摇摆、起落、翻转——咚咚咚——砰！恰恰——恰砰，砰砰恰砰，砰——砰——恰……丁丁丁零……与此同时，《带我飞向月球》阴魂不散……终于停顿片刻后，《剑舞》的第一个音符磕磕绊绊地从肯的风琴中低沉流出，而可怜的塞雷娜正吊在帐篷顶，在大铁圈与横木间穿进穿出。

好歹这尴尬的演出终于临近结束，塞雷娜准备缓缓沿着绳索回到大篷的木屑地上。风琴无精打采地传出《娱乐至上》的曲调。

"不，肯，上帝啊！她还在上面呢——再来一次《带我飞向月球》！"

"哦？抱歉，克里斯，乐谱去哪儿啦？"他再次深深钻入风琴上层层摞着的乐谱之中。塞雷娜悄无声息地顺绳滑下，伴奏是场上薯片包装袋窸窸窣窣，还有小孩子的说话声以及发电机遥远的轰鸣声。"妈妈，为什么这位小姐这么不开心啊？"观众席前排突然传来一个幼童的声音。回答淹没在肯突然爆发出的《带我飞向月球》的乐声中。他放弃了乐谱，放手一搏。然而，还是太晚了。塞雷娜猝然离场，拂袖而去。

"没事的，肯，她下去了。"然而，没有反应。肯一直埋头费力弹奏《娱乐至上》，淹没了安德烈的下一句"女至们先争们（女士们先生们）……"

"抱歉，克里斯。"肯事后说。

我轻声劝慰道："别担心，肯，多练两次就好了……"可是，日复一日，依然如故。星期六甚至会发生两回。过了几个星期，我发现自己总与可怜的肯冲突不断。在一次演出中途，我甚至奋力朝他掷出一根鼓槌，肯随即大怒，将整整一摞乐谱扔到地上。当时表演的正是"飞翔的曼奇尼兄弟"，一班喜怒无常的杂技演员……

曼奇尼兄弟十来人在一辆独轮自行车上垒了四层高，嗖嗖地绕场跑个不停。突然间，音乐声止住了。乐池里传出压抑的咒骂，鼓声仍然咔哒咔哒径自响着，听上去可笑至极。"飞翔的曼奇尼兄弟"在寂静无声中嗖嗖地绕场转，一圈又一圈……表面上泰然自若，心里却早已往乐池扔了无数把飞刀。他们继续如飞箭般掠过马戏场……我并非料事如神，但总有一种奇怪的感觉——我和肯都应当避免走入帐篷后的黑暗之中，尤其发电机卡车后的那片区域，在那里，任何呼叫声都会被淹没……

* * *

　　福塞特马戏团在英格兰北部各地巡回表演，并进入了苏格兰。我开始熟悉公共浴室里铺着瓷砖的小隔间、庞大的浴池和磨得光溜溜的黄铜水龙头，如同古代轮船的舵一般闪闪发亮。他们也常领我去民间马戏团出没的特别酒吧。而印象最深刻的却是每星期六晚间第二场演出结束后，我们收拾好帐篷，在星期日的黎明时分出发，开始长途旅行。

　　拆掉帐篷，旅行，搭建马戏团，仿佛一场战役。星期六夜晚，一旦观众陆续离场，在帐篷里，你会骤然感到一身轻松，四处的钢缆拆卸下来，管帐篷的男孩们开始将一米八的铁桩从地里撬出来。管帐篷的男孩是各色逃亡者，在马戏团中最为卑微。不过每个人，哪怕是最顶尖的演员都得帮忙拆装帐篷。

　　卸下这顶大帐篷得花数个小时，然后叠成一捆帆布，又沉

又笨，令人难以想象，连同巨大的支撑杆一起装入拖车。马戏
团的野兽，当时主要有狮子与老虎、大象、一头可怜的老骆
驼、一头美洲驼外加两只鸵鸟，统统塞进各自的拖车里准备上
路。所有的座椅、搭棚、木板道、支撑杆、钢缆，以及旗帜、
围栏、电缆、灯光、绳索、木桩、铁圈、吊架、梯子和绞盘，
都得装好捆紧，堆上专用拖车。午夜，一切完工——多半会是
在倾盆大雨之中。

凌晨三四点钟，一切打包、装载完毕，拖车连上牵绳，车
队准备启程。接下来一个小时，大家喝茶、喝汤，默不作声，
只有给灯光供电的巨型发电机轰隆作响。最后，发电机也停
了，帐篷里余下的人陷入心满意足的沉默之中。我们爬进指定
车辆的驾驶室里。我开着一辆破旧大篷车，低低地轰鸣着驶出
公园大门。

我们是民间马戏团，这点正中我下怀。夜晚余下的几个小
时，我们缓缓地行驶在蒙蒙细雨中，听着巨型车体发出雷鸣般
的马达声与嘎嘎声，雨刷器不停拍打着。车前灯在雨中照亮了
道路标志牌，上面写着：基尔马诺克50。以我们的速度，至少
还得四个小时。困倦地蜷缩在驾驶室里，我们是驶向城镇的马
戏团。

✤✤✤

就这样，一个快乐的夏天过去了。如果我坚持下去，练习大量急鼓滚奏，我大概已经成为一位非常出色的马戏团鼓手，并以此为生。然而，该抽身尝试其他新鲜事物了。在卡莱尔，我们在城堡与一条河间的公园里安营扎寨，整整一周阳光灿烂。一天早晨，我去镇上买东西，口袋里一周20英镑的乐手薪水沉甸甸。我信步走进一家唱片店，漫不经心地浏览着唱片架。最终，我买下了一张弗拉门戈唱片。

我记不清是什么以这种古怪的方式推动着我的命运。我从未听说过弗拉门戈，对西班牙也一无所知。然而，那个下午，回到自己在拖车上的安身小屋，我取出电池小唱机，平躺在泡沫床垫上，听着新买的唱片。弗拉门戈吉他演奏令人惊叹不已，我从不知道可以那样弹吉他，手指可以弹拨得如此迅速。这种音乐我完全不了解，但轻快流畅的技巧，低沉圆润的和弦，机关枪一般的冲击力，令我迷眩。

突然，我小小的保留节目迪伦与多诺万[①] 的歌曲变得多么乏味……我要去塞维利亚，我要成为一名真正的吉他手！

———————

① 指美国歌手鲍勃·迪伦与英国歌手多诺万。

A
parrot
in the
pepper tree

西班牙吉他

我 对西班牙一无所知，除了那张弗拉门戈唱片，自然也不懂西班牙语。然而，我满心学西班牙吉他的念头，挥之不去，几乎和在学校第一次接触这件乐器时的情形大致无二。挥别了民间马戏团，我动身去法国帮助收割葡萄，以积攒去安达卢西亚的费用。从波尔多开始，我沿途直下巴伦西亚采摘橘子，在那里终于搭上了塞维利亚的班车。当时，这趟车得走上12个小时。

我把吉他放在头顶的行李架上，带着整整一背囊橘子，舒适地仰坐着。随着汽车转向西行，傍晚夕阳斜射，一片红霞光将汽车司机与乘客都映成了剪影。我出神地望着棕榈树和连绵的干涸山脉。我第一次来到这么远的南方。当夜幕降临，玻璃窗上闪现出自己的倒影，长途汽车颠簸着，我陷入朦胧与恍惚之中，梦想着塞尔维亚将会发生的一切……

那时的西班牙班车与今日截然不同，没人愿意在那上面待一整晚。汽车嘎嘎乱响，打嗝般蹦跶不停，窗户可以打开。汽车沿着内陆山脉开往格拉纳达，车外空气寒冷，远处的村庄略显狰狞之色。班车成了我的全部世界，我有点儿不愿下车。然而，这辆年久失修的破车隆隆驶过夜色，最终行至瓜达尔基维尔河谷一带，地平线上亮起璀璨如星的灯光。在这座美妙的城市，工业区与贫民区袒露无遗。"塞维利亚！"邻座的老人嚷道。

几个月来，我久久地向往着这里，如今，真真切切地展现在我眼前。一个阴差阳错，我就可能与其失之交臂。然而，终于，我们穿过了城郊，轰鸣着奔向一条宽阔的大道，路旁成排的棕榈树与花园，十字路口立着石砌喷泉。穿过塞维利亚汽车站的石拱门，我将自己拽出班车，站立着，不知所措，也不知该去哪里。一个老人悄悄地走近，低声诡秘地说："旅馆，很便宜！"我跟着他——别无选择，我的背包在他手里……

这位向导脚步匆匆，气喘吁吁，穿过一座公园，飞快地闪入一条铺着鹅卵石的窄巷。空气中有茉莉花与尿液混合的浓重气味，一大群白色飞蛾绕着一盏路灯扑扇着翅膀。巷中回响着脚步声，我们如同在迷宫里兜兜转转，最终来到一座小型广场，广场一角立着一栋三层小楼。

我们走进黑暗之中。一个戴墨镜、穿灰色套装的胖男人从阴暗处浮现出来："125比塞塔一晚，全食宿175，只有冷水。"

听上去再适合不过。我们上楼，老人哼哧哼哧，胖男人呼哧呼哧，而我背着包，走到屋顶，来到我的房门前。一间砖砌的四方盒子，粉刷成白色，放着两张床和一把椅子，门后有一对挂钩。

我倒进吱吱呀呀的床里，兴高采烈地盯着裸露的白炽灯泡。我终于来了，在塞维利亚安顿了下来。明天早晨我就出去走走，瞧一瞧这座城市。

❦

我兴奋不已，几乎未曾合眼，凌晨时分好歹沉入梦乡……猛然传来犹如沉重的钢杆坠落在石板地上的声音。一扇丁点儿大的木栅栏窗照亮了我的斗室，在墙上高处投下斑驳的光影。钢杆坠落得越来越密集，越来越迅速，直到声音在整个空间回荡。我半睡半醒中支起身，惊愕万分，脑袋完全转不过弯来，不知自己究竟身在何处，而那该死的噪音又是什么……

我套上衣服，走出门外，差点被早晨明亮的光线刺痛了双眼。四周全是耀眼白亮的屋顶、塔楼与墙壁；天空浅灰蓝色，而我所在的屋顶却宛如晾衣绳与干净衣物的迷宫。接着，梦中的钢杆也露出真面目，是教堂钟，在钟楼上，近在咫尺，钟声洪亮。

早餐是咖啡，外加抹了生蒜、橄榄油及猪油制成的橙色黄油的吐司，这在安达卢西亚地区备受欢迎。我试着走进小广场，沿一条鹅卵石小巷开始探寻塞维利亚。巷子两旁垂下天竺葵，尽头是一座稍大些的广场，种着四株橘树，喷泉顶上铸着三只铁十字架。无与伦比！沿另一条飘满茉莉花香的巷子，走进另一座广场，这里呈现出更丰富的元素，房屋的白色外墙加上了少许赭色，一个花团锦簇的庭院，橘树下一块狭长的池塘……

我四处闲逛，在各个巷子里乱窜，奇想联翩。巷子有名字，水、空气、茉莉、生命……每条巷子通往一座小广场，玲珑精致，小巧可爱，一个赛一个。美景扑面而来，我有点晕头转向，发现自己正站在主教堂的巨型雕像与吉拉尔达前。吉拉尔达是著名的摩尔式①宣礼塔②，基督徒在那里悬上了钟③。

---

① 摩尔人是中世纪伊比利亚半岛（今西班牙和葡萄牙）、马格里布和西非的穆斯林居民。历史上，摩尔人曾统治过安达卢西亚，因此这里有很多摩尔式建筑物。

② 宣礼塔，又称叫拜楼、光塔，是清真寺常有的建筑，用以召唤信众礼拜。

③ 塞维利亚主教堂，1401 年－1519 年之间收复失地运动后建于城市清真寺的旧址之上。就其面积而言，是所有中世纪哥特大教堂中最大的一座。大教堂沿用了清真寺的一些圆柱和素材，最为有名的是原为宣礼塔的吉拉尔达（Giralda），后来被改建为钟塔。钟塔顶上建有一座雕像，称作 El Giraldillo，代表信仰。

这座光辉灿烂的城市里栖息着形形色色的人，远胜于我曾经的斗胆幻想。四处荡漾着乐声，温煦的空气里一扇打开的阳台门后，传来吉他或钢琴声、断断续续的歌吟与击掌声。气味也浓烈，咖啡、深色烟草的烟雾、大蒜、摩托车尾气、Heno de Pravia——很多西班牙人爱用的甜美的古龙香水，还有成千上万株橘树散发出的香气。

一整天，我悠悠忽忽地在城里兜圈，午饭也没吃，走得脚疼都毫不在意。夜晚凉风渐起，我发现自己回到了旅馆所在的广场——清真寺，正赶上晚饭，蒜、豆子与丁香煮沸的一池汤里漂着一块块猪油、葡萄酒、面包，最终以一只橘子圆满收尾。美味无比！

第二天早晨，我在屋顶上一个石头砌成的水池里洗衣服。12月的晨光下，水花四溅，舒适无比。我笨拙地揉搓着，吹着口哨自娱自乐。这时，通往屋顶的旅馆楼梯间里走出一个人影，40岁模样的中年妇女，体格匀称，穿一条紧身窄裙，一件男式背心。她吃惊地看着我。

"天哪，你在干吗？"她问。

"洗衣服，在洗我的衣服。"我回答道，暗中得意。我早有预料，南下的旅途中，躲不开这个问题。如果我常这般将灰色内衣浸在肥皂水里，总会在某地给某个人撞见，好奇地上前询问。凭着先见之明，我已从字典里找到了回答。我只懂最基本的一点儿西班牙语，但我的谈话伙伴顺利传达了这样的意思——我必须立马停手，一个大男人洗自己的衣物太不像话；自此之后，她会为我洗。她毫不犹豫地接管过去。当她水花四溅的时候，我试图抱着吉他弹奏小夜曲作为回报。陶醉在自己的吉他声里，我却仍然心有疑惑，不知这桩交易是否完全公平。

　　我的新朋友名叫伊萨，在这家旅馆工作，似乎对我颇有好感。有些夜晚，她与稍年轻些的朋友薇琪会带着我去酒吧。薇琪圆润丰满，模样俊俏，总咯咯地笑个不停。每次她们总不厌其烦地精心装扮一番才出现在房间门口——令人惊愕的高跟鞋、网眼袜、深V领裙，浓妆艳抹。她们俩会扫视我一眼，从我皱巴巴的衬衫上捡去发丝、面包屑，等等。宣布整装完毕前，她们还会梳直我的一头乱发。然后，我们出发，喋喋不休，晃晃荡荡，穿过鹅卵石街道去低档酒吧。

　　我总是想，伊萨与薇琪人真不错，愿意带我去这样的探险之旅，因为对她们来说我实在不够有趣。我们三个倚着吧台，在那里我的同伴的丝袜与开衩迷你裙尽显魅力。她们叽叽喳喳间或转向我，投来一个温存的笑靥。我同样绽放笑容回礼，继续回来与西班牙语搏斗。

　　我非常想加入她们的谈话，借助一支笔、一张纸与一本西班牙字典，我不停寻找可以聊的话题。当然，好不容易组织一番合适的开场白后，我已经错失良机，只好报以一个腼腆的微笑。

不过，这些夜晚，我仍然乐在其中，梅斯奎塔也一样。这里嘈杂但友善，其他的住客大都是来自乡下的年轻人，他们在河对岸的一家工厂上班。吃晚餐的时候，我们会用只言片语、困惑的笑容以及高挑的眉毛进行生硬地交流。说来不可思议，我大概已经化身为某种社交资本，他们也会带我去酒吧。

某次和他们出门，我发现自己来到一个如同岩穴的酒吧，挤挤挨挨全是学生，叽哩哇啦，吞云吐雾，生气勃勃。突然一个身材高壮的女人大跨步走进，气势逼人。顿时，乱哄哄的说话声戛然而止。她的高跟鞋后跟着一个小男孩，抱着一只比他还高的吉他箱。我的同伴捅捅我，傻傻地笑着："胖洛拉！"他说着，伸手比画。多此一举，一看她的体型便明白。

胖洛拉靠墙坐下，显然，那是她的专座。她打开琴箱盖，取出淡黄色的吉他，直着胳膊抱进她的巨型身材之中。她有力挥动手指，轻松地划过琴弦，微微调整了一下弦轴，然后，开始弹奏。四下一片肃静，传达着敬意。琴弦上突如其来一阵急速琶音。她的即兴演奏时而直上云霄，时而骤然俯冲，时而悲吟呜咽，时而号啕哀鸣，然后她以最快速、最灵活的手腕击打着乐器，汇成万千咆哮。叹为观止！我从未听过现场弗拉门戈吉他演奏，已如痴如醉。那陌生的东方神韵令音乐弥漫着神秘与痛楚，而她弹奏得如此畅快轻盈，仿佛吉他自己在发声。

　　曲子沉入低回的凄声，如同在反复地质问。有一位工厂工人走入空地，跪在洛拉面前的地板上。周围发出喊叫声：加油！""去呀！"吉他挑逗着，引诱着，戏谑着，令他百般难熬。突然之间，他如同遭受莫大痛苦般高声喊叫。喊叫声转成深沉的悲叹，最终以绷紧的长久泣声终结。音乐的插部一个连着一个，他真的涌出了泪水。我目瞪口呆。

　　第二天，我开始寻找吉他老师。没费多大劲。在一间酒吧里吃甜甜圈喝咖啡当早饭的时候，赫尔诺恩坐在我身边，一个圆脸的金发男孩，半墨西哥半美国血统。他看上去大约12岁，但随身带着吉他箱，于是我们聊开了。"如果你想学弗拉门戈，"他告诉我，"就得住在蒙雷亚尔旅馆，大家都住那儿。想去的话我带路。"

　　就这样，我离开了梅斯奎塔的朋友们。赫尔诺恩惊讶地发现我居然住在烟花之地（其实跟着伊萨与薇琪出去几个晚上后，我也心生怀疑……）。背上吉他，走向主教堂，蒙雷亚尔旅馆就立在角落里。我在前台登记，这个女人名叫玛丽，爱尔兰人，非常漂亮，柔声细语，负责登记、保持员工心情愉快，以及调配住客的各色破衣服袋，住客大多是吉他学生或者舞者。

　　玛丽的爱人若泽是这里的店主。无论白天夜晚，总能看到他带着一把管钳四下转悠，脸上带着深重的愁容。此人爱好修理管道，他的梦想是摆脱这群不修边幅的邋遢客人，给旅馆招徕满满当当的宽绰美国游客。如果他的管道活干得再好一点，倒真有可能将该店"全食宿，只有冷水"175个比塞塔的便宜价格提高一些。

　　但管道仍然独行其是。冲冷水澡时，为了充分利用水流，必须紧贴着墙上出水洞口下方的瓷砖，水滴滴答答淌下，只有歪着脖子与肩膀，想方设法引导那股涓涓细流到达身体需要的地方。这模样可吸引不了豪奢派美国人的眼球。

　　蒙雷亚尔共三层，木头围栏高立于中央庭院之上。庭院里种着饱受风吹日晒的叶兰，喷泉装饰着红绿彩色灯泡，零零星星地喷着水珠。屋顶平台上是晾衣绳与两间屋顶小屋，比普通房间略便宜。那里白天如同蒸笼一般，而到了夜晚，得压上100多斤的被褥才能阻止牙齿打战。我在其中一间住了一个月，完成我的任务。

　　蒙雷亚尔的吉他手是个国际联盟，大多二十岁上下。偶尔会有经历丰富的吉他手来此游荡、追忆，通常他们教一些课程或者加入吉他手的聚会。美国人赫布是个异类。他瘦而结实，有秃顶迹象的脑袋下方垂着根马尾辫。此人令我们全体迷惑不已，因为他年纪实在不小（三十一岁），而弹起吉他来却生涩笨拙。我还记得自己曾在惊讶之余沉思他为何决定在人生的暮年拿起吉他。当时年轻气盛，甚至问过他一次："我说，见鬼，喂，兄弟，这是为什么？"这句问话后来常常萦绕在我的脑海。

屋顶每日有练琴聚会，沉醉者一天会弹上8至10个小时。当然，这些乐声令人极度不快，众人在各音阶间上下转换，放松手腕练习本和扫弦，琴声尖锐刺耳，嘈杂万分。吉他手们的脸都藏在晾晒衣物后，望去只有椅子、裤子和一把吉他；如果向后仰，抬起头，视线穿过床单与床单，便可以看见城里的塔楼与露台，还有深蓝的天空。

一天，我们放下吉他休息片刻，聚在一起喝酒。众人一致认同练琴场地实在令人忍无可忍，于是，为了练习更有成效，大家提出了一系列行为规范。自那以后，若谁想在屋顶练习，必须将一只袜子塞进琴弦下直到正午；午餐前吉他手禁止喝酒，也禁止向吉他手提供酒类。

于是，每日日程安排妥当。早晨，我们会在外面，兴奋地拍击吉他直到钟声敲响。一旦钟声敲响，吉他手们纷纷取出袜子，一瓶瓶葡萄酒横空出世，七十二弦的自由弹奏卷土重来。有时，一位头戴科尔多瓦帽的老人到来，打乱我们一贯的安排。他来指导一个水平略高的吉他手，在他的房间里。老人会轻快地弹上一连串旋律乐段，技巧令我们眼花缭乱，我们听得如痴如醉。

❧

冬天过去了，春天的第一个月，银色星辰开始在深色的橘树叶间闪耀，一年中的第一道热流正儿八经地席卷而来。在东京或者洛杉矶，逆温现象①会导致城市上空数日的雾霾天气，使人窒息而死。而塞维利亚是世界上最浪漫的城市，春天直到初夏，橘子花盛放成团团浓云笼罩，芬芳四溢。人们纷纷坠入爱河。

而在蒙雷亚尔，我们全体魂牵梦萦的目标是劳拉，一个学习弗拉门戈舞蹈的美国人。她一头栗色卷发，翘鼻梁，淡褐色大眼睛，体态轻盈，风姿绰约，如风中飘飞的竹叶。人人为其疯狂，魂不守舍。她从众乐手身边翩然而过，超凡脱俗，似乎对自己的影响力全然无知。

因这场异性争夺，蒙雷亚尔的气氛变得错综复杂，吉他手之间陡然战火四起。可怜的姑娘一定被我们没完没了的小夜曲

---

① Temperature inversion，对流层中出现的气温随高度增加而升高的现象，称为逆温。逆温是对流层中气温垂直分布的一种特殊现象。

烦扰得睡眠不足。而白天，满怀希望的吉他手还列队为她的舞蹈练习伴奏。唉，我可轮不上这等荣幸，赫尔诺恩或者队伍中的任意一名高手都可以轻而易举地战胜我。

又是个老掉牙的故事。不过这回我的音乐技能再次大幅提高。一天晚上，我和同学保罗在山下的玛丽亚·路易莎公园一起练琴。他弹起一曲名为《浪漫曲》的轻柔古典乐段，我听得心荡神驰。曲调浪漫唯美至极，感人肺腑，最重要的是还尤为简单。我希望保罗指点一二，我可以很快掌握窍门，说不定凭此最终能有机会接近劳拉。保罗是个同性恋，在战局之外，他说乐意帮忙。

学起来不像想象得那么容易，不过好歹学会了，只待机会去表演。然而，期望落空。每次劳拉出现在屋顶，总有强过我的乐手挤上前去殷勤献几曲热情如火的弗拉门戈，接下来的练习便只属于他俩。与此同时，我躲在衣物后的凳子上，满脸梦幻般地拨弄着琴弦弹奏《浪漫曲》，而赫布老兄之流却将我片刻的光彩淹没了……

我决定主动出击。一天下午，我跟着劳拉，看她进了屋，我怯生生地敲响了房门。她打开门，脸上带着询问之色，略显不耐烦。"我想为你弹一首曲子，"我脱口而出，"我觉得，跳完那些舞蹈听这支曲子会得到放松。"

短暂的沉默后，劳拉笑了，一个哀婉古怪的笑容。她回答道："好吧，不过你得保证不是你一整周在屋顶上弹的那支，我已经受不了你的折磨了……我是说，类似的也不行。"说完，她又莫名其妙地补了一句，"你也知道，那部电影很美，叫人心神不宁，还如此……真实，我希望好好保存在我的记忆中。"劳拉显然相信忠言逆耳之说。我这想法颇为怪诞，因为估计大部分人不愿对方曲解自己的好意。

"行，那当然，没问题……好的。"我嗫嚅着丢下一句，退缩回走廊。然而，即便不曾有一句羞辱之词传入耳中，劳拉的这番谈论依然令我尴尬无比。这一切和电影有一丁点关系吗？

赫尔诺恩走过我身边，他在竭力掩饰一个嘲弄的微笑，随即意识到我确乎两眼一抹黑，便停下来解答："你弹的曲子是法国电影《禁忌的游戏》主题曲，你个呆子竟然不知道？"我仍然一头雾水。"就是那部老黑白片，在努埃瓦广场放映过的。"我摇摇脑袋。"讲一个可怜的孤儿在沦陷的巴黎与她死去的狗的故事。"

终于，那抹嘲笑挣破了束缚，喷薄而出，蔓延在赫尔诺恩的脸上。"不完全是弗拉门戈。"他解释道。

在蒙雷亚尔，浪漫既美好又有个性。不过，我真正坠入的爱河是西班牙，最大的愿望是成为西班牙人，或者自己想象中的西班牙人：橄榄色的皮肤，棕色的眼睛，灵巧的双手握着一把刀与一只橘子，一个天生的吉他手，一个唐璜。

几个月过去了，我依然不打算结束这段生活。我的鼻子晒成了英格兰红，我不再容易冲动，考虑事情越来越周全，而我，正视这个事实吧——是个糟糕的吉他手。当我面对心仪的人，希望以演奏来取悦对方，我的技巧总因精神紧张而失控。此外，我的钱囊也空了。塞维利亚渐告终结。

夏日，天气愈发炎热。我把行李运到火车站，搭乘了一趟载满士兵的夜间列车。火车带我来到了巴塞罗那，从那里我一路搭免费便车去了巴黎。在巴黎的地铁站里，我弹吉他，补充钱囊。埃图瓦勒站有一条花砖铺砌的长过道，那里是我的据点。音响效果非凡，只消轻轻拨动一下西班牙吉他的琴弦，听起来便好像一支齐备的管弦乐队。我弹了《浪漫曲》，以此驱逐我的屈辱感。而且，我自认为中间部分已经演奏得相当完美。一拨又一拨人驻足聆听，神色变得哀伤，带着忧郁，往我的帽子里投下沉甸甸的硬币。

后来才知道，《禁忌的游戏》在埃图瓦勒电影院放映时场场爆满。我可真走运！没过多久，我就攒够了钱买票回英国。

回到北方的天空下，我的吉他野心逐渐被新的激情占据——农活与旅行，不搭调的两件事。塞维利亚的后遗症是，我迷上了一头扎进未知海洋的感觉，而威尔士布莱克山中一座绵羊农庄的短暂停留与萨塞克斯农场的一份工作令我灵光一闪：这份职业用不着穿西装打领带！后来的二十年中，我大多在田间耕种，攒下零星的空闲撰写旅游指南。吉他间或在我的生活里露一小脸。一年冬天，每周六晚上我在富勒姆的一家俄罗斯餐馆演奏。然而，时隔二十年，我才重返西班牙，再次用大把的时间尝试弗拉门戈。

A
parrot
in the
pepper tree

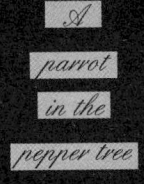

文学之旅

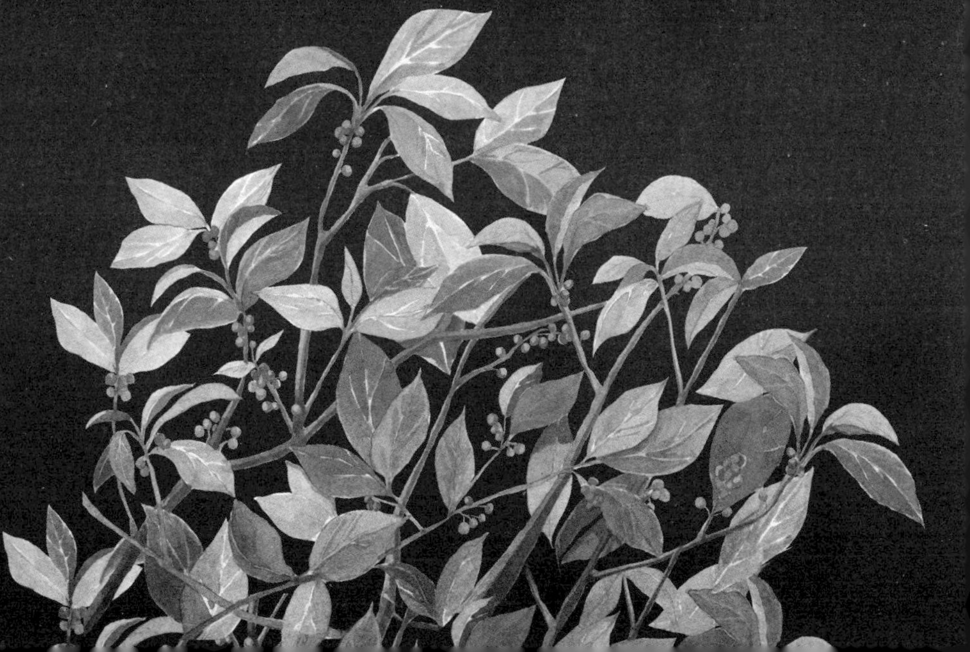

树叶兄战战兢兢地掉头过桥回去了。

一两天后，我接到了另一通伦敦打来的电话。这回是我的出版编辑纳特告知海伊文学节邀请我前去演讲。继而，她列举了在这个威尔士边缘地带举办的民间图书集会上露面对于一名作家的种种利处，而我的心思却开始游离，回想起布莱克山中那座山间农场的点滴时光。在那里，我第一次学会了干农活。

"我当然去，如果他们邀请我。"我顿时心潮澎湃，"海伊附近的村庄风景好得没话说，而且我还能顺便拜访一下老朋友。"纳特似乎松了口气，继续例行公事般谈论这会成为多么令人欣喜的重大突破。她与我的另一位出版编辑马克将驾车前去与我会合。挂断电话之前，她补充了一句，不论是选读还是讨论我的书，都无须担心。"顺其自然，"她说，"那就行了！"

令人怀念的农庄劳作图景烟消云散，我猛然清醒过来，意识到自己将面对一群文学人士演讲……我望向安娜与克洛艾，或许她们可以一起去？然而，不。消息来得太过仓促，全农庄的动物还有学校都不会答应。于是，两周后，我拖着一只塞满五花八门书籍的皮包（呃，好歹我还是一名说得过去的读者），惴惴不安地走进了"瓦伊河畔海伊"文学节组委会的票务与接待处。

文学节组委会的庭院中央，淅淅沥沥的小雨聚成一坑坑积水，溜滑的木板道指引着文学人士前往多个帐篷搭成的会场。我一下子认出纳特与马克，他们正与孩童在坑中戏水。旁边一扇门通往一间小学教室，本周改头换面，成了作者接待室。我迎向他们，人们三三两两地踱步而过，几只脑袋转过来。

"那位应该是维克拉姆·塞斯[①]，"纳特说，"他在你隔壁那间帐篷里演讲。同一时间段，真可惜，我们听不了。"我转身望着自己最喜欢的作家，他的背影消失在另一座帐篷中。此时，却有两位裹着防水薄风衣的女士正朝我指指点点，兴奋不已，互相用气声耳语，音量之大我听得一清二楚："就是

———
① Vikram Seth，1952 年 6 月 20 日出生，诗人，小说家。生于印度加尔各答。

他！我敢肯定！"真令人振奋！我挺直胸，回视，报以微笑，凭空却伸出一只胳膊轻轻将我拨到路边。"对不起，借道！"比尔·布里森① 低声说着走过身边。

接下来的一切至今回忆起来仍然恍惚不清，依稀记得一位亲切的文学节组织者引我走入小学教室门内，为我斟了些许葡萄酒，并将我介绍给同一小组的园艺作家蒙蒂·唐与撰稿人、报刊专栏作家亚当·尼科尔森。记忆中，我保持笑容，深呼吸，目光集中于亚当脑袋边吊着的一只纸板小蜘蛛，显然由"梅甘，6岁"涂色。还没来得及要第二杯酒，和蔼的组织者便领着我们全体走进又走出雨中，来到一个讲台前。我的出版编辑与他们的小孩在帐篷门边的椅子上淡然微笑着，俨然在给一位被告席上受审的亲戚鼓劲。

亚当开始朗读自己书中的片段。我从没打算听人在面前长篇大论絮叨不止，还好亚当并非此类。他言简意赅，风趣幽默，而且不得不说，文学素养极佳。我剔去指甲下的尘土，静候自己的庄严亮相那一刻有人从身后冒出来宣布："此人根本不是什么作家，不过是个农庄劳工！"不过，现实却是蒙蒂·唐进行了优雅温和的介绍，请我读一篇他事先选定的章节。那一章描述了我在阿尔普哈拉斯的第一次工作的历险记，遭受挫败的我不得不直面对新式工具将信将疑的本地牧羊人。

---

① Bill Bryson，1951 年 12 月 8 日出生，美国游记作家。

我低头看着书页，突然意识到自己毫无头绪，不知该如何朗读。并非读写能力已弃我而去，而是我不知该如何用英语表现牧羊人之间互相说笑时的口吻。当时我们都说阿尔普哈拉斯地区的西班牙语方言，书中我回避了方言，而为了阅读时的想象空间，记录了他们特有的语法，并保留了口音。蒙蒂注视着我。亚当注视着我。雨点不厌其烦地敲击着帐篷顶，仿佛也在等待。情急之下，我三下五除二挑了几种口音，听候全场听众的发落。

第一位牧羊人用童话剧中海盗的口吻宣布他对于羊群安全的严肃质疑，类似Ben Gun的康瓦尔语[①]。咳嗽几声后我又重试了一次。一个来自萨默塞特[②]的小伙子回答了他，并且这小伙子明显在德兰士瓦[③]住过不少时日。我再次停顿，眼角的余光察觉到纳特站起来，弯腰踮脚，胳膊拢着他们的孩子。马克则目不转睛地盯着帐篷顶，似乎刚刚发现这居然用帆布搭建而成，大为吃惊。

我硬着头皮往下读。第一位牧羊人已经进化成更加文雅流畅的萨塞克斯乡下方言。那倒不成问题，只是，作为叙述者，我自己也莫名其妙地化身为菲利普王子[④]……令人心惊胆战的

---

① 康瓦尔为英格兰南部郡名，康瓦尔语属于凯尔特语族。
② 英国英格兰郡名。
③ 南非东北部省份。
④ 瑞典王储。

沉寂。

"对不起，"我说道，"我也不清楚这些稀奇古怪的口音是打哪儿来的。"然而，帐篷顶上一声惊天轰鸣消去了我的话语。似乎上帝回应了我的热忱祈祷。我祈求地面裂条缝钻进去，上帝倒为我打开了天空……估计他还不熟悉我的口音。

自然之力拯救了我！我斜倚着，看见纳特抱着一个熟睡的孩子转回帐篷。她朝我粲然一笑。雨还在下，除了微笑，我们别无他法。谁说话都听不见，哪怕近在咫尺。我想象着维克拉姆·塞斯，春风满面，在帐篷的讲台后等待着，琢磨着这场滂沱大雨。

暴雨之后，观众与小组成员交换对农事与文学的看法，气氛轻松自在，超乎想象。随后，我们共同步入灿烂的阳光中，去另一座帐篷，在那里书堆积如山，等着我们签名。我不由自主地注意到，文学节场地的那一边，一群牛正蹒跚地穿过泥泞的田野，仿佛打算加入我们的队伍。

❧ ❧ ❧

这趟文学之旅还包括本地书店的几次签名售书，我也前去拜访了绵羊农庄的老朋友。结束之后，回到农庄，安娜与克洛艾凑近了检查我是否有飘飘然之兆。克洛艾喜欢听我讲述在书店里为那些全然陌生的人签名，但似乎也在担忧我是否会发生一些微妙的改变，并且难以挽回。

我懂得她的心思。读者对作者的兴趣忽闪而过，会击中我，令我晕头转向。电话铃响了，似乎为了印证自己的望风捕影。拿起话筒的时候，我期望是一位记者来请求采访，然而，是农庄工作的伙伴何塞·格雷罗。

"你从那边回来了？太——好——了！"他大吼道，"明天我们开始干活！"

"不，不行。我刚刚到家。"

"不——管！农庄的活得干了！五点半在拉蒙的酒吧碰头。"

"喂，明天我不想去干活！我都离开好一阵子了，现在我想跟家人在一起！"

"我就指望你啦，克里斯托瓦尔！你星期四再跟家人在一起吧！"

"你为什么不自己去？"

然而，太晚了，那边已经挂断了。

我径直奔去农庄，克洛艾无所谓，安娜却懂，她知道我根本无力拒绝何塞·格雷罗的任何请求。

何塞是个怪人，他将天性中的谦逊体贴与宁静温情藏在冒失粗鲁的外表之下。几年前，他被诊断患淋巴系统癌症，或许这可以解释他为何面容异常憔悴。而何塞积极应对疾病的策略是把自己抛入永不停歇的暴怒之中。他精力旺盛活力无穷，和他在一起令人筋疲力尽。不过，这方法倒也奏效。疾病似乎无机可乘，每次我见到他，他都加倍精神，吞下的药丸也更少一些。

我和安娜想法一致，与何塞·格雷罗一起灰头土脸地干一天体力活，说不定可以把我从暂时栖居的稀薄高空拉回地球。

清晨五点钟，尚无一丝光亮，惟有满天星辰。那个特别的清晨，天空也没有月亮。我悄然翻身起床，跌跌撞撞地找到T恤与牛仔裤，无声地溜出了屋子，走进炎热而深沉的晨色之中。磕磕绊绊地踩在砾石小路上，脚下嘎吱嘎吱作响，河流轰鸣，我绷紧神经捕捉夜莺的歌吟。天空泛出一丝不易察觉的灰白，四下高耸的山腹矗立着黑魆魆的魅影，路旁密密丛丛的花朵柔弱地绽放出浅黄色，整夜散发着香气。我过了桥，钻进车里，按亮了车前灯，清晨的气氛就此消散。

通常，拉蒙酒吧的清晨，可疑分子倚着吧台而坐，一心一意地喝着咖啡、西班牙雪利酒、茴香酒或是一杯白兰地，毫不声张。没看到何塞的影子，于是我找了张凳子坐下，点了一杯橙汁。一个套着闪亮运动服的年轻人走进来，大声说着足球笑话，酒吧里另一个人似乎乐在其中。而我的思绪却游游荡荡地回到家，倒在了床上……这一天，电视天气预报小姐刚刚告知气温将会升到35度上下，我何苦跑来为那群羊服务？

六点半，何塞走进酒吧，扑通一声在我身边坐下。"你刚好准时，"他说，"好极了！我们走吧？"当时的约定明明是五点半，我心知肚明，只是就此争论一番毫无意义。何塞一定睡过头了，但他从来打死也不肯认错。而且，说实话，性情粗野如他，似乎也用不着去"争论一番"。

我把包扔进何塞那辆货车的驾驶室，自己也跟着挤了进去。驾驶室窄小，且臭烘烘的。他发动引擎，悄悄把一盒磁带塞进机器，顿时音量震天，走音走得让人哑然失笑。

"你会喜欢的，贝贝金……"他说道。

"什么？"

"La música①——是贝贝金……"

"哦，你是说B·B·金②？"

————————————

① 西班牙语，意为那个音乐家。

② B·B·金，B. B. King，原名Riley B. King。生于1925年9月16日。美国布鲁斯吉他手和歌曲作者，有史以来最伟大的布鲁斯音乐家之一，外号"布鲁斯之王（The King of Blues）"。

"很明显。我刚弄到这盘磁带。听，埃尔莫尔·詹姆斯的歌。"

何塞对布鲁斯很着迷。呃，我也一样，在这一天中还算不错的时刻。可是，何塞的感官系统某些部分大约有些短路，他总爱把收音机音量调到最大，即便在拂晓时分。行驶在山脉上的卢哈尔村中，随着babykin的吉他即兴重复乐段，他毫不留情地猛烈拍击着这辆可怜的铁皮小货车。

太阳升起之前已经开始热了。车窗大开，好歹也能吹散些羊粪的恶臭与香烟烟雾。我们往山上驶去，白雪皑皑的内华达山脉露出山尖的真容，灰蒙蒙的高山峻岭在暗蓝的山谷上方影影绰绰。我们沿狭窄的山路盘旋而上，穿过蓬蓬浓花密草，越过卡马乔村的小山口，顺着山脊往东疾驰，直到道路的最高点阿萨德尔利诺村。我们停车去酒吧问路。

"布拉斯在吗？"何塞问吧台后一个黑眼睛的美女。

"不，他在山里。"

"但我们今天约好的。他有没有留口信？"

"妈妈！"女孩大喊。一个正在厨房炸东西的妇女从门边探出来盯着何塞。

"哦，对了！布拉斯昨晚没回来，我没能带到你的口信。"

"他什么时候回来？"

"这可不知道！"两位女士茫然地对视一眼，然后一同望向何塞。

　　"那我们怎么才能找到他？"他问。

　　"太难了！"那位母亲脸上的表情似乎也在强调"真的异常困难"。

　　"那么，怎么办呢？"

　　"嗯……你沿着这条路走，直到本塔德塔鲁戈……接下来第一个路口右拐。"

　　"不对，过塔鲁戈，然后左拐，更好走！"吧台边一个老人说道。

　　"曼努埃尔，你知道什么呀！一直往下然后再往上爬更快。"

　　"曼努埃尔说得有理……"另一名顾客插了一句。

　　如此，一场激情四溢的混战开场，提议不断却漏洞百出。最终，一张仿佛涂满如尼文①的纸条塞到我们眼前，外加一名毛遂自荐的向导米格里洛。此人对当地地理的了解貌似甚为粗略，不过，他声称能找得到布拉斯。

✦✦✦✦✦✦✦

　　米格里洛坐在前头，我躺在后座。这个世界，或者说世界

────────────

　　①　古北欧人使用的字母和文字。

的一部分孔特拉维耶萨山脉从侧窗边急速掠过。我们拐入通往本塔德塔鲁戈的小道，整条柏油路花草繁茂，非常迷人。

太阳高悬在遥远的加多尔山脉之上，炙烤着大地。白色阳光被何塞的货车挡风玻璃增强了数倍，而所有的遮光板都早已不知所踪，每一次转弯时，我们几乎都被耀眼的光线刺瞎。窗外连绵起伏的葡萄藤与低矮树干在低垂的太阳下拖着长长的黑乎乎的影子。一些男人趁着清晨的凉意来到了葡萄园。一个渺小而孤独的人影在葡萄之海中，在杂草丛里挥舞着十字镐劈砍，货真价实的赫拉克勒斯①式大力士！没人住在这里。我估摸羊群都不来。我们一刻不停地往前行驶，几乎没有弯道，没有村庄，没有房屋；除了葡萄藤，一无所有。

米格里洛表情愈渐困惑茫然。不久，真相大白，他根本不认识布拉斯，更不必说找到他。这种人在西班牙乡下很常见，他们总在酒吧里闲荡，凑个热闹，譬如听说谁要开车上什么地方。惟恐我们对他的一无是处尚无定论，米格里洛还告诉我们，他有心理障碍疾病，偶尔会令他陷入极端暴力。大多数情况下，他表现正常，然而一旦精神紧张就顿失自控能力。他说，正因如此，他难以保住一个好饭碗。告知这一切的时候，他始终笑容可掬，简直可以迷倒最招人恨的那位姑娘。

何塞同样笑容可掬。他转过脸，对米格里洛说道：

---

① Herculean，希腊神话中最伟大的英雄人物。

"伙计，你确实不走运啊！我跟我的这位朋友今天让你来做向导是给你个大面子，恐怕你压根儿不知道我们在哪儿。不过，正好让你知道，你要敢乱来，哪怕就那么一下，下一秒钟我们就把你拎起来倒挂在黄檗树上！后面那位克里斯托瓦尔，别看现在不吱声，像个绅士，你要是惹恼了他，发起狂来，就等着瞧吧，到时候可没人制止得了。喂，我说的你听明白了吗？"

米格里洛听得明明白白，说他估计自己非常不可能失控。而我只是望着侧窗外飞逝而过的路边花丛，祈祷保持镇定。

不久之后，又拐错了几个弯。米格里洛根本派不上用场，他已决定下车，在一株茂密成荫的大无花果树旁的十字路口。而我们碰巧发现一座农舍——正是打算干活的地方。我试着给自己打足气，于是猛力推开门，跃入田野上温暖的阳光里。一队高大黝黑的男人穿着蓝色连身工作服，正透过阵阵缭绕的香烟烟雾打量我们的到来。一棵胡桃树下，两只瘦小的狗儿在几块生锈的废弃农业机械残骸上蹭痒痒。

在下面的畜棚里装好机器后，我冲何塞嚷道："怎么会有人就是不想在农庄工作呢？"

一天开始了，与其他日子无异。气温一点点攀升，汗流浃背，苍蝇蜂拥而来。不过，我们毫不在意，因为这群绵羊简直无与伦比！何塞哼着歌，全力加速，好似在比赛。我也加紧赶工。一个上午，我们合力伺候完那群美妙的胖羊。随着时间过去，羊群体温升高，开始出汗。这更棒了！一只热乎乎、肥嘟嘟、汗津津的绵羊绝对是我们的美梦！下午三点左右，我们全部完毕，在屋里坐下，与牧羊人及他的家人共享一顿美餐。

之后，我们把机器重新装上货车，沿着山路径直而下。米格里洛依旧坐在十字路口旁那株无花果树下。何塞刹住车，望着他，冲他吐出一团香烟烟雾。

"我估计现在你大概想给我们指一指回去的路吧？"

米格里洛想了一小会儿，见我正在副驾驶座上瞅着他，就打了退堂鼓。

"谢谢，不过我得先办点事儿。我会自己回去！"

A
parrot
in the
pepper tree

胡椒树上的鹦鹉

我们的度假屋埃尔杜克外种着一棵伪胡椒树。当初，我们播下一粒细小的种子，外层表皮酷似红胡椒籽，其实不是。这株秘鲁胡椒树长势惊人，三年后便已成熟，树干散发着浓重的胡椒气味，满树枝叶青翠繁茂，垂悬摆荡，点缀着一小簇一小簇伪红胡椒籽。树冠笼罩着屋门，在树荫下打个盹，消磨下午的时光，何等惬意！

一个7月的早晨，安娜胳膊下夹着一袋换洗衣物走过胡椒树下，羽毛状的翠绿色物体飘然而至，落在她的肩膀上，是一只鹦鹉，这在安达卢西亚可不常见。鹦鹉乖巧地停息着，一动不动，歪着脑袋瞅她打开汽车行李箱。"Hello！"安娜说。她可不会被诸如此类的事件打乱阵脚，"你想跟我一起回屋吗？"

鹦鹉扑啦啦飞近她的脑袋，轻啄了一下她的耳朵。她认为这是表达友好的方式。"呃，

也许养一只我们自己的鹦鹉也不错。"安娜提议，"先去问问
安东尼娅知不知道你的事情。"

　　这事显然得问安东尼娅，因为过去这些年里她一直养着耶
戈——来自她荷兰老家的宠物，一只非洲灰鹦鹉。耶戈已上了
年纪，而且有啄食羽毛的癖好，看上去形同掉了毛的小火鸡，
鸟喙巨大，屁股上一支绯红的羽毛鲜艳醒目。搬到南方来后，
大部分时间它都藏在冰箱后面，透过一线狭窄缝隙以苛刻的眼
光审视阿尔普哈拉斯的风景。毫无疑问，它怀念荷兰填海的开
拓地、郁金香以及家乡灰白的天空。

　　安娜来了，肩上栖着一只流浪鹦鹉。耶戈忍不住缓缓挪动
着它的鹦鹉嘴，伸到冰箱前头来瞧个究竟。它当即粗声尖叫，
仓皇往后逃窜，藏进管道之中。耶戈对人也同样如此，只是没
这么戏剧化，像一个乡下土老冒躲在自己家的纱帘后面。不
过，后来，我怀疑耶戈大约已察觉到，这只从天而降的鹦鹉存
在着一些根深蒂固的性格缺陷。

　　安东尼娅并未听说有谁走丢了宠物，不过答应帮忙在山谷
中以及镇上打听打听。同时，她给安娜装了些种子，并针对鹦
鹉的伙食与日常照料给了实用的建议。鹦鹉似乎很乐意跟安娜

回家，安娜钻进汽车前座，发动引擎，它始终牢牢贴着安娜的肩膀。汽车穿越山谷在回埃尔巴莱罗的路上颠簸跳跃，它则灵巧地跳到副驾驶座的靠背上，如同在检阅自己的新家。

接下来两个星期，我们问遍周围，谁也没听说有人丢失了鹦鹉。于是本地人达成共识，它是上天的恩赐。正中下怀！我们一直想养一只鹦鹉，若真上宠物店去买，却总觉得会被连蒙带骗地宰上一刀。

多明戈消息灵通，估计我们的鹦鹉或许是从山下海岸的洛罗·塞希公园（说来也怪，这名字取自一位腓尼基海军将领）窜逃的"越狱犯"。另一个迷人的猜测来自雷恰尔，她在奥尔希瓦附近的农舍里制作精致优雅的珠宝。

"你得到了那只鹦鹉。"她语气尖锐，似有问责之意，不容置疑。

"到底什么意思？"

"呃……如果祈祷得到一只鹦鹉，只要心够诚，精神能量用对，一只鹦鹉就来了。你知道，我也一心盼着鹦鹉。我觉得时机已到，就做了一只大笼子，把门大敞着，然后开始增强能量，以唤来一只鹦鹉……"

"雷恰尔，你是不是神经错乱了？"

"不，等我说完！你得到鹦鹉的那天，是上星期五，没错吧？那天我出门散步。嗯，我在河滩上一边走一边凝神企盼着

自己渴望的那种特殊鹦鹉从天而降。突然之间，一阵风倏地掠
过，我的脚下腾起一团灰尘。当然，我认定那是我的鹦鹉，可
是弯下腰捡起来一看，是一只小小的死鸟，像一块鹅卵石。所
以，你看，你得到了鹦鹉，而我只得到一只死鸟。这就是我的
人生……"

"抱歉，雷恰尔，我们没打算夺走你的鹦鹉……不过现在
让它搬家可真得费好大一番劲呢。它对安娜恋恋不舍。"

"不不不，你去吧，享受你的鹦鹉！我会继续努力积聚能
量，下一次，说不定运气会好点儿……谁知道呢！"

事实上，经证实，我们的鹦鹉并非鹦鹉，而是一只和尚鹦
鹉，呃，当然了，是雄性。鉴别鹦鹉的性别可不是件轻而易举
的事，除非自己恰好投胎成它们的同类，或者有机会进行DNA
测试，又或者赶巧碰上鸟下了一枚蛋。相比之下，长尾鹦鹉与
鹦鹉的区别更一目了然。长尾鹦鹉个头小得多，介于虎皮鹦鹉
与金刚鹦鹉之间。而我们家这怪家伙除了灰色的下腹、橘红色
的大嘴以及翅膀及尾部的美丽蓝色翼梢外，浑身绿莹莹的。

最初，我们叫它洛尔卡。这位大诗人[①]的名字套在一只鸟

----

① 指费德里戈·加西亚·洛尔卡，1898—1936年，西班牙诗人、剧作家。

脑袋上，实在令人忍俊不禁——过于高贵，不适合扑扇着羽毛
翅膀的小不速之客。后来有一次，吃着午饭，这只长尾鹦鹉从
克洛艾的盘子里一点点地啄食一块火腿，安娜看在眼里，举起
另一块。"来，洛尔卡。"她唤道。翅膀拍打声中，我们的鹦
鹉接受了它的加餐与它的名字。

洛尔卡打一到我们家就自来熟，毫无拘束。它踞于安娜的
肩膀或者头顶，居高临下巡视狗群与猫群，打量着它的新王国
以及臣民。没过几天，它便高高在上，确立了啄序等级①，驾
驭了不服管教的各类生灵，宛如首领安娜的忠实伙伴。他俩脚
下，是散兵游勇的狗、猫，还有克洛艾；如果在十一点或十二
点左右，说不定还得加上我。

说来惭愧，每当我企图晋升一级，总遭到无情的拒绝。我
也曾试着讨好它，奉上一块香蕉皮（洛尔卡喜欢香蕉皮甚于香
蕉），它会细细地啃一会儿便用力狂啄我的手指，以示对曲意
逢迎的鄙夷。

洛尔卡活得自由自在，它划定浴室为自己的疆域，整夜栖
息在淋浴水龙头上。对此，安娜不仅纵容有加，甚至为了它的
舒适，还贴心地铺上了旧卷纸内芯。一旦有人企图进入浴室，

---

① 啄序，pecking-order。飞禽之间，多数尊卑等级分明，比较强壮、地
位较高的，可以肆无忌惮啄地位较低的，对方不会反抗、报复。这就叫作
pecking-order。现在，人们往往用这个词来说任何团体的长幼尊卑次序。

不管何种理由，它都会发动凶猛攻击。

洛尔卡对人、对闯入浴室领地的物品一视同仁，毫不留情。它憎恨洗衣机罩上出现一只蓝色塑料漱口杯。有时，为了与它斗气，我特意把杯子放在那儿。这一招屡试不爽。洛尔卡会暴跳如雷，气得晕头转向之际从水龙头上如离弦之箭般猛扑向可恶的杯子，试图临空飞撞，击入洞口大畅的抽水马桶，得逞后望着这不识相的东西漂浮在马桶的水面上。不幸杯子里装满了水，它挪不动；或者把马桶盖扣上，它就会备受折磨。我以此来报复竞争对手。

白天，洛尔卡巡查四方，拍打着翅膀飞过百叶窗、工作台面、人们的肩膀与脑袋上方……天气好的时候，它会翱翔于整个农场。洛尔卡的飞行技巧着实令人眼花缭乱，尤其在屋里，它会来几个急转，陡然爬升；飞行途中遇到障碍物时——诸如不期然关上的门，或者对它的幸福生活不怀好意的猫猫狗狗，还会猛地转向。

洛尔卡在空中的停顿与拐弯精确异常，令人咋舌。它还聪慧地改进了出入门帘的策略。原本它着陆，走几步穿过门帘，再度起飞，可猫却伺机偷袭，所以它煞费苦心地完善了技巧：停落在门帘上，用脚分开玻璃珠串绳，从分口处探出脑袋、身子，落到另一边，随即扇动翅膀，在落到门口地垫前滑翔而起。

除了对安娜忠心耿耿，洛尔卡另一个执着念头是筑巢。有一阵子，我疑心是否弄错了它的性别。事实上，鹦鹉的世界里，确实是雄性更热衷于建筑。一连好几天，洛尔卡会在屋子与花园间飞来飞去，莫名其妙地忙着收集各类零碎，如筷子、麻绳团、纸片、细枝、圆珠笔和牙刷。真不知巴西热带雨林里的鹦鹉打哪儿弄来这些！

一旦收集齐全，它会按某种匪夷所思的逻辑排列组合，想破了脑子也看不出鸟巢的影子：有些物品撑在椅子腿旁；椅子腿与筷子之间缠着绳子；一只塑料牙刷占据于中央；为了维持建筑学上的微妙平衡，几捆枯草自然地散放四周。

洛尔卡继续干活，迅速且严肃，无视我的暗中嘲笑。此项才能的欠缺无疑归咎于它生于囚笼，它的父母大概也对此一无所知，或者未能传授。对这番努力大肆讥讽奚落我也于心不忍。但是，我确信，一旦洛尔卡准备妥当，对其他任何人的不走运或无能，它都必然报以利声尖笑。

洛尔卡常栖息在屋外的合欢树上，在那里，它显然对鸽群视而不见——低等生物，或者在它的鸟食台上来回闲荡。鸟食台是我替它用粗糙树干捆扎起来的，以期有一天我可以安安稳稳地在浴室里享受个热水澡。

有时，它会在农田上方来个长久的俯冲，飞入山谷。在安娜眼里，洛尔卡是只猎鹰。她站在梯田边缘，洛尔卡落在她的肩膀上等候命令。她的手腕灵巧一挥，它啸叫着急冲而下，驰入山谷。"哟嗬——"她大喊。洛尔卡迅如火箭，阳光照射在它的翅膀上，绿光闪烁，宛如滑过天幕的绿宝石。

　　一天早晨，多明戈骑着小毛驴沿着阿尔加河逆流而上，绿色翅膀一闪而过，眼前出现了一只鹦鹉。他从没见过，一时目瞪口呆。洛尔卡站在毛驴的大耳朵之间，仿佛一名舵手正指引着船只溯河前行。洛尔卡巡视一番沿岸风景，片刻后，高鸣一声扬长飞去。现在，它总爱飞去河滩，停在多明戈的肩膀上，看着他干活。多明戈喂它蚕豆，洛尔卡相当中意，津津有味地从他的指间啄食。

　　我也曾试过一回，仅此一回。

　　然而，洛尔卡到来后第一个夏季接近尾声时，它的遭遇连我都动了恻隐之心——它被马踩在了脚下。

　　至今我也弄不清这件事的前因后果。当时，我正帮铁匠佩佩给洛拉钉马掌，突然感觉有个比草丛更翠绿的物体在地上晃来晃去。我从不理解马蹄削片对动物有着何等不可思议的吸引力，狗群为之而疯狂，洛尔卡必定企图从中分一杯羹。佩佩把最后一颗弯钉砰砰用力敲毕，我放下马腿。这时，一声撕心裂肺的尖叫划破了空气，洛尔卡被洛拉狠狠踩在脚下，翅膀扑腾，高声抗议，试图从这恐怖的马蹄下把自己扯出来。

洛拉自然对后腿下发生的这一幕惨剧茫然无知，依然沉稳有力地站立不动。一两秒钟后我才反应过来，使劲推着洛拉，举起那条腿。洛尔卡扇着翅膀钻出来，像个报丧女妖①般厉声尖叫着，飞进屋内。

我气喘吁吁地冲进厨房时，悲恸之剧正在上演。受了重伤的洛尔卡正躺在安娜怀里，其状痛苦而又凄惨，脑袋可怜兮兮地依着她的脖子。安娜忧心忡忡地注视着它，轻抚背上耸立的羽毛。克洛艾平日所受鹦鹉的欺负几乎不亚于我，此刻也分外忧伤，我们都一样。我原以为洛尔卡有一线存活的希望，因为它从事故中挣脱而飞时依然呈现出旺盛的生命力，然而眼下它却如此虚弱。所有的攻击、侵犯以及故作姿态的男子汉气概全都不翼而飞，它柔软无力地躺着，黯然伤心，面带哀愁与爱慕，仰望着亲爱的安娜的脸庞。

那一周，家里的气氛沉闷压抑。洛尔卡的脚伤势过重，有可能就此残废。一只鹦鹉有三条肢干各司其职：双翼用于飞行——也仅此而已；鸟喙与双脚用于移动与进食——一只脚抓住食物，另一只脚保持平衡，鸟喙则将食物碾碎；此外，还有清洁功能，梳理羽毛时需一并动用鸟喙与双脚。洛尔卡现在只能单脚站立，够不着脑袋后的羽毛，而鹦鹉对整羽梳毛一事从

---

① Banshee，爱尔兰、苏格兰民间传说中会大声哭号以预报死讯的女妖精。

不含糊，它会就此日渐消沉。

至于进食，我们也想出一招，在铁丝一端装上弹簧夹，另一端嵌进一块塑料片———一个姓名牌，显然是为社交宴会而准备，不知怎么神秘进入我们的餐具抽屉。安娜担心，洛尔卡过度衰弱，会轻易成为猫的囊中物。无疑，为了报复以往它对猫群的纵情羞辱，猫群迫不及待想要扳回一局。安娜估计它们会在夜间行动，因为那时洛尔卡无法飞行，一旦灯光熄灭它只能留在原地。于是，安娜带着鹦鹉去睡觉。

起初，床柱上垒了个窝当作鸟巢，但不久便砰然坠落，它奋力在被褥间挣扎，把自己塞进羽绒被下与安娜躺在一起。这自然导致严重的利益冲突———那儿本是我的地盘，而且我觉得自己拥有优先权。不过，我还没蠢到去打安娜那半边床铺的主意。洛尔卡会高声叫着用嘴狠啄，猛烈攻击我。这简直是在破坏婚姻美满、夫妻和睦。

出乎众人意料，洛尔卡的伤腿开始康复，愈加有力。起初，它尝试着在栖息时拿伤脚轻叩地面，不久之后便加大分量。安娜则一如既往用她的温暖之爱关怀鼓励，她把它装进育儿袋随身携带在腰间，给它涂抹治疗香膏———来自她那部草药大宝典的推荐。专攻顺势疗法①的医生朋友凯特给了我们一

---

① 顺势疗法，德国医生塞缪尔·哈尼曼18世纪创立，为了治疗某种疾病需要使用一种能够在健康人中产生相同症状的药剂。顺势疗法是一种有别于传统西医的独立医疗体系，长久以来医学界对其也存有质疑。

个疗程的特制白色小药丸。一只鹦鹉有机会加入满意客户名单中，她看来欢天喜地，还建议我们可以试着一并治疗它的攻击本性。她说，顺势疗法无所不能。

可惜，凯特的秘方对洛尔卡与生俱来的贪婪本性毫不见效。它的脚刚一愈合，便旧习复发，常凭空冒出来无缘无故对我或克洛艾乱啄一气。不过，它最恶毒的能量却积聚着以备惊吓我们的访客。洛尔卡能凭直觉一眼判断出谁最害怕鹦鹉，向来准确无误，径直朝他们扑过去，鸟喙逮住机会衔住一只耳垂或一丛头发。对受害者而言——这附近可不少，这种待遇早已忍无可忍。

说来也怪，顺势疗法倒还真有个离奇的副作用，改变了洛尔卡对建巢材料的兴趣，原本以木头为主，现在则是金属。它顿时化身为配备着强有力武装的生物，叼着一副指甲剪在空中疾飞猛撞，或者用一捆针轰炸猫群。此外，汽车钥匙，源源不断的零钱（25比塞塔的硬币中间有一个孔），对任何鸟巢都是绝妙而简便的附加物，外加大部分厨房餐具都去向不明。

厨房没了餐具，如果谁——除了安娜——蠢到屈尊开口去借，哪怕一只茶匙，洛尔卡的回应都是毫不留情的狠狠攻击。不过金属制品让鸟巢看起来更具趣味，虽然在我不专业的眼光看来，这可不是养育小长尾鹦鹉的好地方。

暴力倾向，嚣张好斗，没头没脑，此外洛尔卡还像个小孩一样挑三拣四。上帝保佑，幸好它不会说话，但偶尔会模仿"怎么了"，还会发出一种温顺柔弱的声音，那一瞬间它看来甜蜜而动人。同时，它还用一种特殊的低鸣声吸引安娜前往新筑的鸟巢。"唧唧——啾啾，唧唧——啾……"它柔声低吟，乞求般望着安娜的双眼。这一刻，安娜不复是惯常的"大女人"。然而倘若洛尔卡搭在厨房架子下的巢能容纳得下安娜，那么安娜大概也会产下一只久盼的蛋。

　　一旦我和安娜睡午觉，把洛尔卡关在房门外，它便如坐针毡。这一天中最热的时分，我们朦朦胧胧沉入梦乡。为了吸引我们的注意，它心生一念，落在挂炊具的置物架上。炊具是铁皮制成，一只沉重的长柄钢勺，一把煎鱼锅铲，或者大汤勺，一碰便乒乒作响。洛尔卡逐一扫过所有器皿之后，总共十来个，它飞向浴室门，坐在把手上，放声大叫。它可以持续尖叫整整十分钟不间断，一秒不停。这声音莫说把人吵醒，简直能把死人叫活。

　　早晨想赖个懒觉也很难，如今洛尔卡已学会开浴室门。前文提过，它在浴室的水龙头上过夜，一旦天色转亮，可以飞翔，它便打开门。这可不像说得那么轻巧，因为我不小心把浴室门装反了，只能推开，攥着把手才能关得上。而洛尔卡会落到地板上，用尽全身的细小力气，拖拉推拽，最终打开门。接着，它会飞到我们床边，猛啄我露出被褥的身体任何部分，直至把我赶走，在枕边与安娜眉来眼去……我愤愤不平，满腹牢骚，嘟嘟囔囔，摇摇晃晃地走向厨房，唤醒水壶。当我把早茶端给安娜，会遭遇鹦鹉的再一次袭击。如此，新的一天开始。

洛尔卡极尽破坏之能，但它在身边倒也有些乐趣。比如，它是永恒的魅力之源，即便在移动中——飞行，落在人或动物身上搭便车，倒头扎进安娜的口袋，或者明目张胆地在地板上走来走去，无视狗或猫正虎视眈眈……这些都是我们生活的调味品。其次，洛尔卡故意与我们作对，想来是借此锻炼、塑造我们。洛尔卡在身边时，我已不再情绪抵触。迄今，离我第一次灵机一动把蓝色漱口杯放在洗衣机罩上，已经过去了许久。克洛艾似乎也对生活的随意提弄与不公更加冷静达观，尤其是鹦鹉的那些袭击。而安娜被奉若完美女神，对此她也已应付自如。

毋庸置疑，洛尔卡对我百般折磨，但家里真的少不了这只鹦鹉。

A parrot in the pepper tree

道德伦理与反教权主义

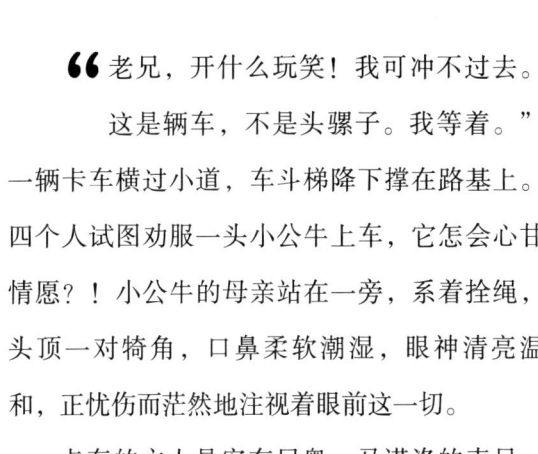

❝ 老兄，开什么玩笑！我可冲不过去。

这是辆车，不是头骡子。我等着。"
一辆卡车横过小道，车斗梯降下撑在路基上。
四个人试图劝服一头小公牛上车，它怎会心甘
情愿？！小公牛的母亲站在一旁，系着拴绳，
头顶一对犄角，口鼻柔软潮湿，眼神清亮温
和，正忧伤而茫然地注视着眼前这一切。

卡车的主人是安东尼奥——马诺洛的表兄，
而牛则属于胡安·迪亚斯，他在卡拉斯科山上
务农。

"价格怎么样，胡安？"我问。

"不，克里斯托瓦尔。价格不好。农民
太、太穷。屠夫富得很。"

"嗯，世道就是这样。这头牛很棒！"

"嗯，很棒！大蛋蛋！"他轻拍着垂下的
囊袋，"很美味。童牛。妈咪那儿。"他指着
母牛，"她来安慰它。"

胡安·迪亚斯农活精湛，在他的农场转上一圈，立即神清气爽：永远精心耕种，四处郁郁葱葱，整整齐齐，树木庄稼无不长势良好。农场就在山谷下，从贝尔纳多家走下去。贝尔纳多说一口地道的阿尔普哈拉斯地区西班牙方言，和当地人不相上下；但胡安却并不对他另眼相待，说起话来依然如第一天进入外语学校。

贝尔纳多曾告诉我，某天，他闲来无事正和多明戈聊天，胡安·迪亚斯出现了。他从镇上回来，大踏步走在弯道上。

"早上好，胡安。天气不错！"贝尔纳多招呼道。

"没雨。很糟，太糟了！太阳不错，但不好。树、植物干了。农民没办法。"

"我今天早上听了天气预报，说这周末可能会有降雨。"

"可能下，可能不下。我们不知道……"

他俩对话时，多明戈始终迷惑不解地盯着胡安，忍不住打断了："上帝，你说话怎么这副腔调，胡安？哪有人这么说话！贝尔纳多又不是弱智。"

"不。不是弱智。外国人，不是西班牙人。听不懂。"

"可贝尔纳多的西班牙语说得跟我们一样溜。"

胡安顿时进退两难，他不知是否应当依多明戈所说恢复正常语调，抑或继续以洋泾浜西班牙语特别关照懵懂无知的可怜贝尔纳多。贝尔纳多说一口地道西班牙语没错，但事实摆在眼前，他终究是个外国人。

总之，多明戈的指摘毫不奏效。面对外国人，胡安一开口即成别具一格的婴儿腔。有时，我会和他聊上很久，比如捎他进城。他说话极度精简，听起来怪里怪气，我也不得不搜肠刮肚，以实现最口语化的表达方式。

"早上好，胡安，上车，省得走路。"

"太好了，克里斯托瓦尔。奥尔希瓦远。胡安年纪大，腿不好。"

"美好的早晨，你怎么去镇上啊，胡安？"

"你，克里斯托瓦尔，乘你的车，又宽敞，又快。"

"不是，我是说，你去镇上干吗？"

"看医生。胡安病了。"

"怎么啦？"

"手疼，干不了活。"他伸出布满裂口的大手。

"活太多，水冷，腿也不好。"

如此这般，一路聊过来。我估计，即便下半辈子都住在胡安隔壁，他也永远不会换副说话口吻。但本意却很体贴：面对一位语言白痴，说话越简洁明了越便于对方理解。胡安表达时几乎不依赖动词，偶尔不得不出现动词时也只用一般式；名词永远是原形，冠词——定冠词或不定冠词———律省略。

这种说话方式可能不严谨，但依然限制严格。缺少动词，其实很难深入表达抽象概念。

*　　＊　　＊*

　　目前我的西班牙语词汇量足以应付阿尔普哈拉斯的生活，我有此自信，但依然不敢掉以轻心，因为处处藏着"圈套"。

　　尤其动物名称，宛如一片汪洋大海，深不可测。鼬鼠、貂、麝香猫、西班牙种小马、白鼬，惟一的判断依据是它们染指农庄家禽时钻过的洞口大小。当然，英语中也同样容易混淆，如白鼬、鼬鼠、貂、西班牙种小马、雪貂等等。

　　倘若将具备威胁性的动物尺寸略缩一二，会抵达语言中更为妙趣横生的小动物的疆域。如今，小动物是我最喜欢的西班牙语词语，一般指昆虫级别的生物。例如："这张床上有只小动物在咬我。"不过，其外延还可扩展为非昆虫类的小型动物，如啮齿类；而且，在某些极端的情境下，甚至可以指一只猫或一条狗。鉴于众人对外国人的宽容，外加本人的语言理解能力拙劣，我已经成功将小动物用于一头牛和一匹马。一旦加上后缀aco，此物便愈加穷凶极恶，骇人听闻。我会一惊一乍地嚷道："Vaya bicharaco！"——"天哪，这东西真可怕！"

　　话说回来，这些不过是语言交流时的不便，与写信或便条的陷阱四伏相比，着实不值一提。

　　假如终身不离出生的国度，那么不太可能因一张给校车司机的便条而大费周折。不过一张便条嘛，大抵一挥而就：

致敬启者：

　　我女儿克洛艾今天下午不乘校车回来，因为她将去镇上参加课外活动。谢谢您的配合！

克里斯托弗·斯图尔特（克洛艾父亲）敬上

　　不外乎如此吧，信手拈来，一气呵成。不过，我也没用英语写过，不敢贸然确信。而这里，是安达卢西亚，情形迥然不同。

　　某日，安娜问道："克里斯，你能不能写张便条给校车司机？"这倒不算个新奇的要求。

　　"为什么，亲爱的？"我一如既往地漫不经心。

　　"因为克洛艾明天放学后要和阿尔巴·特雷莎、劳拉·玛丽亚留在学校。"

　　"不能直接告诉司机吗？"

　　"不行，得按规矩来。你还记得以前的事吧？"

　　我记得。有一回，我们没交便条告知克洛艾在舞蹈课后会留下，从而导致那个闷热不堪的下午，6个孩子被关在汽车里。我们因而备受指责。其实之前安娜已经在两个不同场合下提醒过校车司机，他却未加理会。可怜的克洛艾遭遇了一个星期的冷眼，家长们纷纷怒目相斥，直到众人的注意力转移到其他倒霉无名傻瓜脑袋上。所以，这些日子，我们总是写便条给校车司机和玛丽·卡门——此人负责在放学后把学生送上校车并清点人数。

"嗯，你为什么不自己写？"我反问。

"因为我太忙了。再说，在我们家你不是以'作家'自居嘛。"

安娜话里带刺，不过我还是乖乖应承下来，开始寻找合适的纸张。不能太大，因为内容占据不了多少页面，一张大纸上空空荡荡几行字多不像话；不能太小，会显得寒碜，甚至更糟糕，显吝啬。我可不愿给校车司机留下这些印象。整个屋子加上所有外屋翻箱倒柜一番，竟一无所获，不见一张尺寸合适的纸。我灵机一动，打算适当裁剪后制作一本校车司机专用便签簿。毫无疑问，别无他法。我用一柄老式剪刀，几把刀，一杆尺，开始折叠撕扯。

最终，完美纸张呈现眼前。我找出钢笔，坐下来动笔写作。左思右想后，写下"尊敬的平托先生"。这是标准开头，不过不合我意。我摸不着头脑，不得要领，况且也不确定那个星期谁是司机。校车司机有三位，平托、莫亚与霍尔迪。想问克洛艾已经太晚，她已入睡。

　　我划去"尊敬的平托先生"。呃,又错了,总不能交出一张涂抹过的字条。我把纸揉成一团,重新拿起一张。这回,我先打个草稿。问题是,西班牙语信件通常倾向于拿腔拿调,而满篇正式商务公文型西班牙语又显得脑筋秀逗。我曾跟着一本书学过少许商务西班牙语,正是那次蜻蜓点水似的学习败坏了我的文风。

　　我重新开始:"尊敬的先生"。不错,动听,但严肃有余,亲切不足,还是算了。我再度划去,用花体字写上"亲爱的朋友"。我犹豫片刻,吃不准这其中是否蕴含着文学价值。真是棘手,镇上居民都曾听说我在国外以作家身份取得过一些成功,那么,这张便条的意义便不会仅限于我与收信人之间。万一便条在全体校车司机之间传阅,众人细加琢磨、评判、欣赏或不屑一顾。在灰暗而偏执的想象中,我看见自己的便条作为典范贴在市政大厅的公共通知栏上。我得好好写。

　　我绞尽脑汁,却毫无进展。喝下自己那份葡萄酒试图呼唤灵感,却只催生出无穷的蒙胧睡意。或许灵感会在夜里降临,我明早赶制出来即可。当然,一整晚,收信人的无限组合折磨着大脑,我辗转反侧,愁肠百结:"尊敬的朋友,亲爱的先生,最优秀的司机……尊敬的校车司机……"

　　第二天,我一早起床准备安娜的早茶与克洛艾的早餐,继续与便条奋战。

我写下"霍尔迪你好"——克洛艾告诉我这周司机是霍尔迪。霍尔迪比平托、莫亚都年轻，或许随意的口气更易亲近。"霍尔迪你好，写张便条是为了告知我的女儿克洛艾今天晚上不随校车回来，要待在镇上。"

我并不热衷于研究句法结构，不过，既然时间来得及，不妨斟酌一下。"将不回来"本应该使用虚拟语气，因为此句描述预计未来发生的一个不确定行为，且距当下尚隔一段时间。这可谓是虚拟语气的绝佳例子。但用上恰如其分的虚拟语气后行文又过于正式……随他去吧，霍尔迪不会介意的。

那么，如何结尾？这不是封商业信函，我跟霍尔迪还挺熟，华丽正统、富于宗教意味的结语恐怕毫无必要。"愿上帝保佑收信人"，听来装腔作势，想不到这却是西班牙语信件中的常见结束语。于是，选择如下：真诚的，问候，拥抱，亲吻。最后一个当即摒弃。我对霍尔迪颇有好感，但也没到那种程度……

"问候，来自克里斯托瓦尔。"

我长舒一口气，开始找信封，随后领着克洛艾去等校车。看到司机的确是霍尔迪，我如释重负。

"早上好，霍尔迪，有张便条给你。"我说。

"哦，什么事？"

"就是告诉你克洛艾今天下午不跟校车回来。"

"好，我会记得。"

"行，不过还是收下便条吧。"

"我已经知道了，用不着便条。"

"别。拿着吧。"

"为什么？我要便条干吗？"

"按规矩……我得给你张便条。"

"真的没必要，克里斯托瓦尔。"

"霍尔迪，我熬了半宿才弄出了这么张便条，可不想再带回去。"

"安静点，克里斯托瓦尔，安静点。好啦，我收下你的便条。"他接过信封，塞进遮阳板里。

大功告成！我心满意足，站立着，望着校车拐过崖壁，伴随零件的丁零当啷声，消失在一团尘土里。若我能预知今后这类动笔杆子的杂务正排着队等待自己，那一刻，我怎还会如此踌躇满志……

✿

安娜没时间写便条的原因之一是这周末她将在马拉加与她

的母亲见面，只留下我照料克洛艾以及农庄和动物。一整日盯着电脑的苦差事开始前，我给家畜喂食，并为克洛艾做薄饼。万能的薄饼会吸引孩子们乐颠颠地跟着你，对你言听计从，如此一来，看孩子易如反掌。

六点钟，我穿过山谷去克洛艾的同学家里接她回来。走向小河时，我问道："猜猜今天晚饭吃什么。"

"最好是……薄饼，"她心不在焉地说，随后恢复了些许生气，补充道，"我最喜欢吃薄饼了！"

不用说，她有心事。

沉默片刻后，她问道："爸爸……"

"怎么了？"

"爸爸，我想问你一件事，不过你得先保证不会生气。"

"我尽量……不过也看什么事。"

"嗯……我不想去上宗教课了。我不喜欢……可以吗，爸爸？我可以不去吗？"

"这事我没有理由生气啊，是不是？等你妈妈回来我们商量一下。"我一贯采用拖延战术回避棘手问题。可这回，克洛艾似乎并不愿就此作罢，

"但宗教课在星期五，我不想去了。你能不能跟老师说一说？好不好，爸爸，好不好嘛？"

我们刚好走到那座桥前，于是话题暂且搁置。桥下激流阵

阵，水花四溅，我们全神贯注地踩过一块块木板。

宗教课并非新近冒出来的问题。克洛艾初进学校时，我们便举棋不定，不知该把她放入宗教教育课还是依照我自己根深蒂固的不可知论选择伦理课。三思之后，我们达成一致，熟知《圣经》与基督教教义对掌握欧洲文学与文化多多少少有点好处。况且还可了解阿尔普哈拉斯地区日历上不计其数的节庆与圣徒日。

我们粗略翻阅了宗教课教科书，发现其对相冲突的观点也一视同仁，可谓正中下怀。书中不乏其他信仰的简短介绍，并附有漫画。不过，多数东方宗教遥不可及，大约无害。这些书籍显然不曾顾及阿尔普哈拉斯地区，所有的东方宗教都在此保存完好。奥尔希瓦方圆十公里内教派、信徒以及地下教派多如牛毛，点一支东方香的工夫都数不清。

我又问女儿："为什么你这么不喜欢宗教课，克洛艾？"

"宗教课一点儿也没意思，我一点儿也不喜欢。伦理更好玩。"

"哦？你怎么知道更好玩呢？"

"汉娜说的。"

"当然，她现在一定学了不少。"

汉娜是克洛艾最要好的朋友。她是德国人，父母属革新派，所以打一开始汉娜就不曾加入宗教课。

"祖赫拉也这么说。"克洛艾补充了一句。祖赫拉是克洛艾的另一位好朋友，而且，从名字也猜得出来，她是穆斯林。

"还有阿尔巴·雷西奥。"阿尔巴·雷西奥的父母是西班牙革新派。原委大致清晰。当无知大众索然无味地念诵着教义手册，学习如何拨珠祈祷，克洛艾想与他们分开，成为独立小圈子里的一分子，聆听道德伦理。我心有所动。于是，坐下来一起吃薄饼时，我时而若有所思，时而高声大谈道德伦理何等有趣。

克洛艾全盘赞同。她入睡前，我们读了两章《海蒂》[1]，那是克洛艾那阵子的最爱读物。我本想穿插一场祖父与弗罗兰·劳顿米尔[2]两人不同伦理观的讨论，只是，我们完全沉醉于阿尔卑斯山的空气与烤干酪对克拉拉身体残疾的惊人疗效。不过，我倒也留意到，读到祖父回到村中的教堂与牧师开怀畅饮这一情节时，克洛艾并未表现出坚决的异议。

第二天晚上，安娜回到家。我转述了这场讨论。"你确定她不是想着多一个小时可以跟那帮朋友瞎玩？"她说道。

有时安娜的多疑令人无言以对。不过她也认同，既然克洛

---

[1] 《海蒂》(Heidi) 是瑞士作家约翰娜·施皮里 (Johanna Spyri, 1827.6.12 — 1901.7.7) 写的两部儿童文学的总称。约翰娜·施皮里于 1880 年发表了《海蒂的学徒和旅行年代》，于 1881 年发表了《海蒂应用她学到的东西》。这两部书是世界上最著名的儿童文学之一。

[2] 均为《海蒂》一书中的人物。

艾已经明确选择伦理课，那么继续把她送入宗教课堂实在太过
虚伪。或许，这回我们该随女儿之意。就我个人而言，还相当
欣赏克洛艾反教权的姿态，认为这是未来独立思考能力的先
兆。于是，第二天下午，我去见她的老师唐曼努埃尔。

　　克洛艾满操场疯玩，而我则被打发上楼交涉。唐曼努埃尔
深表理解。不过，他说，有一个问题，春季学期将尽，通常放
弃某一课程只能在学年初办理。倘若开此先例，大家会竞相效
仿。他坦言，想换课的人实在不少。伦理课似乎越来越受学生
欢迎。

　　"哦，唐曼努埃尔，"我说，"porfi？"——"por favor[①]。
我意识到自己用了孩子们中流行的缩略语。

　　"好吧，我告诉你怎么办。我们去请示领导唐安东尼奥，
去问问他是否有好的提议。怎么样？"

　　"好的，"我说，"我没意见。"于是他带我去见校长。
我已有多年不曾进入校长办公室，诧异地发现自己竟在不停地
啃咬拇指指甲尖。唐安东尼奥善解人意，很快，我不再局促不
安。我们热情地握了握手。

　　"怎么了？"他问。

　　我望向唐曼努埃尔，唐曼努埃尔回视我。接着，他说明了
我的来意。

---

　　① 西班牙语，意为请。

"嗯，就是这么回事。"我说。

"好的，"唐安东尼奥说话慢条斯理，"不过你得告诉我，为什么希望自己的女儿从宗教转学伦理呢？"

我清了清嗓子，以拖延一点时间。"嗯，是这样……"我吞吞吐吐地向唐安东尼奥讲述理由，如人文主义理想以及鼓励克洛艾在思考时摆脱宗教的限制，等等。

"在我听来，合情合理，"他说，"不过你也知道曼努埃尔很为难，对不对？一旦我们给你女儿这一特权，所有人都会退出宗教课转到伦理课。你也知道，伦理课大受欢迎……"

"嗯，我已经听说了。"我答道。

"不过，还有一个办法，"唐安东尼奥说道，"你写一封信，简要阐述将克洛艾转出宗教课的缘由，我可以为你破例。"

"最晚星期一早晨给您。"我说。

✺❀❀❀❀✺

"爸爸，他说什么，他说什么？"我很好奇，为何孩子们说话时总爱重复。

"嗯，我去见了唐安东尼奥，他说如果我给他一封写得很好的信，他就同意你转到伦理课。"

"哦，爸爸，谢谢您！谢谢您！"

"不过周五你还是得去上宗教课，因为我写得没那么快。"

"不要紧，爸爸，一点都不要紧！"

余下的半周及整个周末足以完成这封信。我得分秒必争。给校长的一篇哲学随笔。这可是个大任务，必须有条不紊，有理有据，驳斥与立论缺一不可，多角度升华中心论点。

我削尖铅笔，倒了杯水，之后打开书，刮去餐桌上的几滴蜡烛油，拿起了报纸。

一个声音打断了我的沉思。我吓了一跳，回过神来。

"爸爸，您在给唐安东尼奥写信吗？"

"呃，没错。"

"我可以看看您写了些什么吗？"

"还没写多少呢，上面只有亲爱的唐安东尼奥。"

"西班牙语里唐得用大写字母。"

"哦，你说得没错。"

"您还没写多少呢，是吧？"克洛艾丢下一句，捡起她的毡笔，走到屋子的另一端。

没过多久，灵感大发，我唰唰完成了三四段，自认为还过得去，放下笔正欣赏着，安娜走了进来。

"文章进展如何？"她问，看见我已经翻开第二页，便加了一句，"刚写完反宗教改革^①，是不是？"她的嘴角泛起一抹得意的假笑，似乎一切尽在掌握。而克洛艾却神色焦急地跳起来。

"要是没人打断，倒真是进展顺利。"我沾沾自喜，朝安娜扬扬手中的纸页。这实在是个愚蠢之举，因为，我还没打算给她看呢。

安娜神色骤变，眉头紧蹙。"克里斯，这是什么话……"她说着，握住了那张纸。

"什么话？"克洛艾走到桌子跟前来。

"老天，到底是谁在写这封信？"

"太难懂了，克里斯。谁知道你在讲什么！"安娜这回不开玩笑了。

"哦，爸爸，请好好写吧！爸爸，求求您。"

"举个例子，你到底想说什么？"安娜继续说道，"对儿童天性中抵触神灵心理的误解？什么乱七八糟的！"

言之有理。"可能你说得对……"

"你居然懂这个？"

"呃……我在一本书上读到过。那本书讲不可思议的事迹。"事实上，作者的原话也不怎么具有说服力。

"爸爸！"克洛艾怒气冲冲，语无伦次，"那究竟有什

---

① 指 1500 年 – 1648 年期间欧洲罗马教（天主教）对宗教改革的对应运动。

么用？而且，应该是'la razon'①，不是'el razon'，您不
知道吗？"

接着，克洛艾屏气凝神，开始口述，每吐出一个词，便挥
动一下手中的毡笔以示强调。"为什么您不直接说您希望我长
大后在一个系素——呃，世俗社会里成为一位好公民，而这在
伦理课上学习再合适不过。"她握着笔，以戏剧化的敲击桌
面结束演说，而后把她的座椅向我拖来，监督我的秘书记录
工作。

我目瞪口呆，错愕不已，连安娜也扬起了眉毛。如果这次
换课事件能激发我女儿的辩才，那真是意外之喜。

"克洛艾，"我深吸一口气，"太棒了！绝妙理由！简
明，扼要，一语中的……"

"嗯，"克洛艾耸耸肩，"汉娜与阿尔巴·雷西奥就是这
么写的，为什么我不可以这么说呢？"

星期一早晨，我找出一只最为体面的信封，把信塞进去，
让克洛艾带去学校。"如果弄丢这封信，你得学一辈子宗教
学！"我提醒她。

---

① 西班牙语，意为原因、理由。

第二天，克洛艾兴高采烈地回到家。

"唐曼努埃尔说我不用再去上宗教课了！"她说，"谢谢，爸爸，谢谢您！"

我也喜不自禁。

———✦———

那个星期晚些时候，我见到了汉娜的母亲蒂娜。蒂娜风姿绰约，活力四射，与丈夫联手开了一家诊所，并经营着农场。然而，她还总能在百忙之中停下来和你聊上几句，令人如沐春风。

"克洛艾和汉娜一起上伦理课都乐坏了。"我说道。我犹豫着是否告诉她我如何为那封简短的理由信煞费苦心，不过，好像没这个必要。

"嗯，哦。"蒂娜说，似乎在琢磨这番对话的主题。我有些怏怏不乐。"我有点儿担心，"我坚持说下去，"怕她发现自己远远落在班里其他同学后面。她还没拿到一本教科书呢。"

"教科书？"蒂娜不解地望着我，"她现在不是上伦理课嘛。"

"对啊，但他们总得发些参考书之类的吧？"

　　"克里斯，"她的目光中依然闪烁着疑虑，"你知道什么是伦理，对不对？"

　　"呃，应该是……为了克洛艾转到伦理课，我还编出相当充分的理由呢。"没来得及复述克洛艾的精彩言论，蒂娜接下来的话却令我大为泄气。

　　"就是涂色，克里斯。"

　　"呃？"我倒吸一口冷气，"没有道德讨论之类的？"

　　"没有，克里斯，只有……蜡笔画。"

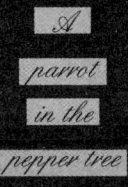

A
parrot
in the
pepper tree

重返校园

我和安娜都痴迷于弗拉门戈，这也是当初迁居安达卢西亚的动机之一。来之前，我们幻想着，随兴所至信步前往格拉纳达，在弗拉门戈俱乐部里消磨整晚。而我还怀揣着念想，拜当地吉他大师，重续青年时代的吉他课程。到头来，这些年里，我们见到的牧羊人比吉他手多得多。原因嘛，找个人帮忙照看动物太费事，我们也不愿拖着克洛艾进入那些暗无天日烟雾缭绕的酒吧，又或者手头不宽绰。事实上，可悲的现实是，大多时候我们惟有依靠马德里的朋友们好心寄来的磁带聊以自娱，一领安达卢西亚第一流吉他手的神韵。

说来奇妙，不知不觉，克洛艾竟对弗拉门戈舞蹈，确切地说是塞维利亚舞，萌发了兴趣。塞维利亚舞是安达卢西亚每个节日盛会的必备娱乐，伴随着噼啪作响的响板起舞。克洛艾还是个小毛头时便总站在舞台前，模仿舞者的每个动作，如痴如醉。不久，我们为她买了第一条弗拉门戈舞裙，迫不及待看她跟着他们一起旋转、击掌，或者踩足。我曾盼着这份热衷会吸引她拿起吉他，总不失时机地引发她对乐器的喜好。无奈，她不为所动，只得作罢。而更残酷的打击接踵而至，克洛艾跳舞时似乎更喜欢跟着盒式录音带而并非她老爸的演奏，仿佛与我不堪回首的塞维利亚岁月遥相应和……

本地吉他大师也从没现过真身。从没哪位民间艺人偶尔在我们的田间地头停下脚步，喝一杯酒，吃一碟tapa①，流露出丝毫暗示，想摘下一把墙上挂着的吉他。连无所不能的多明戈似乎也丧失了这份天赋。我取下吉他，问他是否爱听音乐。

"Me da igual。"他回答，用了一句冷冰冰的安达卢西亚俗语——无所谓。

所以，接到本的电话，听他说想来住一阵，还会带着他的吉他，我欢呼雀跃，宛如一只小羊羔。"太好了，本，"我喋喋不休，"当然可以。随时恭候，住多久都行！"

我与本素未谋面。安娜说，这一邀请未免过于轻率。不过我听说过本，他是伦敦一个好友的侄子，来西班牙的目的和我

---

① 一种西班牙小吃，常作为下酒菜。

当年一样，在格拉纳达的吉他学校学习地道的弗拉门戈技巧。

通完电话的第二天早晨，本到了。西沉的夕阳落在那辆风尘仆仆的2cv①上，他已成了稀世之宝，一位不可多得的客人。他魅力无穷，个头高大，金发碧眼，温文尔雅，外加一只鹰钩鼻，简直是古典之海冲上岸的人物。三个星期，他令我们所有人目眩神迷，安娜醉心于他的谈吐与风采；克洛艾学到一整套全新技巧与击掌游戏，乐在其中；而我，从他的吉他弹奏中汲取奇思妙想。在弗拉门戈学校的那一个月里，本掌握了动人心弦的全套曲目，弹起来轻松自在，优美流畅。吉他声流过我们每个人的心田，如一湾溪水冲刷着河床上的鹅卵石。

埃尔巴莱罗不愧是吉他音乐的胜地。"假如我有万贯家财，"我常暗自思忖，"我就雇个艺人回来。"而本的存在仅次于此。不过，几个月前，我还真差点儿雇了一名艺人，他叫安赫尔②。这个名字再合适不过，我还从没见过如此飘忽脱俗的灵魂。

一个冬天的夜晚，我跑去找安赫尔。他住在山谷最高处，

---

① 雪铁龙公司生产的一种小型平民汽车。
② Angel，西方男子教名，源于希腊语，意为"使者"。

靠近一家穆斯林的房子。他问："你那儿会不会有什么工作适合我？"

"嗯，你想要什么工作我都可以提供给你，"我向这位和颜悦色的幽灵保证，"但恐怕没法付你工钱。怎么样，你到底能干什么？"

"老兄，我会弹吉他，会唱歌。我觉得自己或多或少算得上一个歌手。而且，粉刷我也干得不错。"

我一时张口结舌。难道安赫尔打心眼里认为，弹弹吉他唱唱歌，我就会付钱给他？粉刷倒不错，总有些粉刷活要干，问题是我付不起工钱啊！

我漫不经心地打听了一句："弹吉他是不是比粉刷工钱少一点？"

"是啊，老兄。我是说，弹吉他可不会向你要一大堆钱。"

我一言不发地坐了一会儿，认同了。

安赫尔神采飞扬："什么时候开始干活？"

"抱歉，安赫尔。我倒是想雇个吉他手、歌手，或者艺人，但估计这辈子是不太可能了。"

我回去了，留下安赫尔垂头丧气。

转眼，本已踏上归途。之后不久，我报名参加了格拉纳达的吉他学校。这可不是蟾蜍先生好学人样，而是为了家庭和睦的紧急举措。安娜与克洛艾浅尝本高水准的吉他演奏，于是我那粗糙质朴的琴声再难入耳。尤其安娜，我的练习曲万年不变，她已经抵达容忍的极限，即将诉诸实质性的战争手段，从对一只咖啡磨具恶言相向，到在动物间煽风点火。

有一天，她彻底爆发。当冷嘲热讽向我袭来，我耐心劝导，说她本该知足，在这片地区能有我这么位吉他手让屋里充满甜美的音乐。我承认，自己可能在故意挑衅。

"克里斯，我可不认为那能称得上音乐！"她说，"受不了！这个星球上哪个女人能容忍？！啵嘟嘟嘟嘟……一整天！"她模拟拙劣的吉他颤音，居然还挺像回事，甚至颇有喜感。我抵触之气顿消，大笑起来。

"笑什么？！"她吼道，依然话里带刺，"我建议你现在就去学，或者，去羊圈弹更好！等弹好了，给我们独奏，最多每周一次。我和克洛艾会好好听，说不定还会鼓个掌。"

我转向克洛艾。我知道不该让自己的女儿卷入家庭纷争困局，但这件事与她有关。毕竟，她的音乐教育濒临危机。"你认为呢，克洛艾？"我问。她正坐在桌边，毫不分神地埋头写作业。"你觉得这公平吗？"

克洛艾面有难色——她讨厌困于左右为难的外交窘境。

"不，爸爸，"她嘟哝着，"不公平……"说着，忍不住要
嗤嗤地笑出声来，连忙用手遮住，补充了一句："太可怜
了，那些羊。"

如此这般，一个隆冬的下午，我拎着吉他，大步离开家，
迈向格拉纳达。到达奥尔希瓦时不巧错过了班车，只得走出镇
子，竖起大拇指。离上一次搭便车已经过去了很多年，不过3
分钟后，我已经在路上疾驰，和一个格拉纳达人聊着天。她从
阿尔普哈拉斯度假回城。

天色渐暗，我沿奎斯塔·德尔查皮斯大道吃力地往上爬，
学校就在一座铺满砾石的小山顶上。爬山倒让我暖和了一些。
太阳已落到层层叠叠的屋顶背后，一阵狡猾的寒意悄然潜入城
市街道。走进"卡门山洞学校"的巨大木门，是一个漂亮的庭
院，立着一座小型石头喷泉，放着几盆叶兰。庭院中，各色男
孩女孩成群结队，叽叽喳喳。我毫无头绪地在每个人的吉他箱
间迂回前进，不知该开口说哪种语言。

我48岁，还不算班里年纪最大，让·保罗已年过50。不
过，其他人倒相当年轻，如周末乐师、学生、流浪汉、慕尼黑
来的小丑。他们是波希米亚人的大杂烩。然而，我却对年龄上

的差异甚为敏感。年轻时代在塞维利亚遇到的赫布的影子轰隆隆地重现脑海。于是，我不免染上一丝心理阴影：同学们一定觉得我好似时代弃儿，一头闯入错误的场景之中。每当有人问我什么或者当面评价些什么，我总是不由自主地听到那个暗藏的问题："见鬼，喂，兄弟，这是为什么？"

走进办公室注册的时候，我甚至从管理者纳乔的脸上察觉到某种古怪的神情。纳乔问我打算加入哪级课程，我把吉他靠墙，纵情大笑。"哈哈，我肯定不是初学者。"我向他保证，"我的意思是，我都弹了快30年了。"

"那么，你打算……"纳乔问道。

不合时宜的谦逊令我踌躇着，不好意思往高级班填自己的名字。"不如就跟着中级班算了。"我自嘲般说道。

"那好吧，"纳乔说道，"明天十点，你在楼上跟着埃米利奥上课。"

离开的时候，我对分配给自己的班级依旧有点耿耿于怀。我来到冷如冰窖的厨房，坐在一张椅子上，为明天与埃米利奥的第一次见面而练习。另一间屋子传来德国小丑霍斯特的弹奏声，他报了初级班。霍斯特的琴音丰满圆润，而颤音则平滑悦耳。

我进行拇指练习。淡忘多年，我的拇指早已堕落成一只大懒虫！接着练习延续弹指，将四根指头狠狠滑过所有琴弦，竭

力保持小指与无名指的弹奏力度与其他两兄弟一致，真是累得
够呛！

越来越冷，一个小时后，一阵抽痛袭击了无名指尖的小块
肌肉。难缠的疼痛！

"霍斯特，"我大声嚷嚷，"我们出去找点东西吃吧……"
时间渐逝，霍斯特的琴声也愈加僵硬。我们幽默地互相恭维一
番后，走进寒夜里去阿尔瓦伊辛区寻觅食物。

用西班牙语来形容霍斯特，他可称得上pesado——有些
"严肃"或较真，与我在马戏团认识的小丑不太一样。不过，
找到饭馆，一瓶葡萄酒摆上桌，我们都放松下来。没一会儿我
就被他那些日耳曼系的笑话逗得哈哈大笑。

然而，当晚，埃米利奥与其他中级班学生的面容却在我的
古怪梦境中出没，一夜不得安宁。吃完饭回来的路上，我们偶
遇一群中级班的学生，除了来自低地国家①沼泽地的一个开朗
小伙——他有个动人的名字阿莱·扬·范唐科——其余全是美
国人。这群美国人中有一对来自加利福尼亚，布伦特与柯克；
还有高个子叶林，斗篷似的外套，一头厚密而润泽的长黑发，
像名魔术师。在梦境中，他的模样更加怪异，白色的纤长指尖
长着塑料指甲，大拇指往外翻翘。事实上，这正是弗拉门戈吉
他手常见的畸形。梦中的叶林精力过旺，力量无穷，塑料指甲

---

① 指荷兰、比利时、卢森堡三个国家。

厉声奏出rasgueados①，好像机关枪声。

而我自己在梦中弹起吉他来却消沉无比。我畏惧技术术语，因为在记忆里，它们已是风烛残年。

推开教室门的时候，一丝战栗滑过心头。两位加利福尼亚学生已在练习，我走进去问这是不是埃米利奥的班，他们脸上流露出不自然的冷淡。"是。"他们一齐答道，又埋下头弹琴，琴音清脆利落，节奏完美，节拍韵律无不恰到好处。

几分钟后，阿莱·扬走进来，咧开嘴朝我笑，有点心神不安地看了加利福尼亚们一眼，挑了挑眉毛。最后，大人物埃米利奥登场。他是一个瘦高的吉普赛人，戴一副角质框架眼镜，稀疏的长发，眼神闪烁不定，挂着貌似严酷的笑容。他扫视我们一圈，拍了几下掌，以示安静。"好！Alegrías②！你们都掌握了。我们开始！"

接着，他们暂停，至少布伦特与柯克暂停了，冲入一个快速断奏乐段。我与阿莱·扬笨拙地拨弄着自己的乐器。我压根儿没听说过弗拉门戈弹奏法，呃，就算知道，也弹不到那

---

① 西班牙语，指弗拉门戈吉他的一种扫弦技巧。

② 西班牙语，弗拉门戈吉他的欢愉调。

种程度。

这段乐曲结束前，我小心地将吉他塞回琴箱，怯怯地溜出门。下了楼梯，匍匐钻进一个山洞，纳乔在那里指导初学者练习alzapúa——大拇指上下扫弦。他抬头看着我与我三十年的吉他弹奏经验，忍俊不禁，但笑容友好。他暂停了授课，招呼道："欢迎，音乐大师！"

我想躲进角落里，但无处可藏。初学者上课的山洞也是舞蹈教室，四面墙镶着镜子。如此一来，我丢脸的到来倍加丢脸，不仅能看见所有谦恭的初学者都抬起头来看我，还能看见自己看着他们看我，好像同步重演一般。

我找了个座位，几分钟后，阿莱·扬偷偷溜了进来。我甚觉宽慰：还好，我不是惟一的冒牌货。

＊＊＊＊＊＊

随着纳乔的指导，我们新手开始了一天的练习，并在众人的弹奏间辨别他的琴声。这可不太容易，因为琴声多少有些杂乱无章。纳乔解释一个更加微妙的要点时，还总有蠢家伙高声练习之前学过的片断。

话虽如此，乍听之下，参差不齐的合奏还颇为像样。一旦纳乔点某人独奏，这一幻象便被无情击碎，显然我们大多一窍不通。

初学者中表现最为自信的是法国人让·保罗。他总介绍自己是个专业音乐家，然而却拒绝独奏。"我是个面点（脑腆）的忍（人），"他解释道，"则些（这些）我懂了，但我得先和则些忍（这些人）一起练习到会了才行。"上课时他无须记忆或观察，仅用一个高科技机器录下来，等他回了法国再好好钻研。我听了他录下的第一节课，就是我闯进来的那天，惨不忍听，刺耳之声重重，根本找不出一个说得过去的乐节。

令人费解的是，让·保罗似乎对弗拉门戈弹奏法不屑一顾，屡次三番致使课程中止。"纳乔，拉种（那种）方法弄出拉种（那种）声音太方谬（荒谬）了。则样（这样）不四（不是）简单多了嘛，嗯？"一次胡搅蛮缠会持续整整一个星期。"用四根子头（指头）拉（那）很明显完全不可冷（可能）嘛，没忍（人）冷（能）用四根子头（指头）弹，从来没有！三个子头（指头）更好嘛，就这样……"

纳乔的耐性令人叹服，一遍又一遍地解释弹奏技巧，不厌其烦。而让·保罗则不住地抱怨并配以高卢式的耸肩，环视其他同学，寻求支持。但我们只认同纳乔。两个星期后，我们技艺突飞猛进。

我当然也自认长进不小，虽然弹琴时总得忍着疼痛。因为高强度的练习令指尖的小块肌肉疼痛异常，而不间断的弹琴已经磨损了我的指甲，开始断裂。

    课程结束时，我的指甲真得用强力胶才能粘得住了……不过目标圆满完成，是时候回埃尔巴莱罗让女人们刮目相看了！

A parrot in the pepper tree

WWOOFERS①

————

① 世界有机农场体验组织。1972 年在英国成立，为都市人体验农村生活而推出一种"以工换食宿"的工作假期，会员即称为 WWOOFer。

WWOOF是"有机农场周末体验"①的缩写。这一理念始于三十年前，目的是向挣扎于困境中的有机农场提供帮助，力图实现劳动密集型经营；同时，对乡村生活感兴趣的城市家庭也有机会深入体验农场生活，脚踩大地，锄地、除草。这一组织现已扩展为"有机农场劳作"，联成网络，几乎涉足全球任何一片稀奇古怪的地域。这就是WWOOF。愿意在有机农场劳作的工人，或称wwoofer，是一伙喜爱游历的年轻人；或者不那么年轻，却愿意在风景如画之地以劳作换取膳宿。

WWOOF的理念之一是农民向wwoofer传授有机农业知识。事实上，农民从中也受益匪浅。

_____

① WWOOF源自1972年在英格兰成立的有机农场周末体验，不久组织更名为有机农场劳作；2000年，名称改为世界有机农场体验组织。

农民通常与外界隔绝，不善言辞，而wwoofer在农场间往返旅行，成为不可多得的信息渠道。

显然，埃尔巴莱罗正切合WWOOF的特质——农庄风景优美，主人没有余钱雇用劳力。于是，这些年，我们接纳了一连串wwoofer，大多表现不俗。不否认，也会有怪胎从天而降。

古德龙与海梅，最近拜访我们农庄的wwoofer，尤其值得大书特书。

古德龙来自柏林西北部某萝卜盛产区，是一位乡村姑娘。她写来一封信，表意清晰，措辞得当，询问是否可以作为义工在农庄工作2至3个星期。几天后，她接到我们的邀请，打来电话说已在路上。于是，我被打发去汽车站接她。

那天晚上，十来个人下了车，消失在黑暗的街道中，但谁都不像古德龙，至少跟我的想象不一样。接着，我发现一个瘦削的金发女人，正驮着背包吃力地往路上走。我大步追上去。

"请问，你是古德龙吗？"我问。她半转过身，不明所以地望着我，张口结舌。黑暗渐浓，对视在继续，时间分分秒秒地过去。上帝啊，我想，区区古德龙岂能难倒男子汉大丈夫！

"古德龙？"我再问，更无底气。

她盯着我看了一会儿。"哦！"她说。

"你好，我是克里斯，很高兴见到你。旅途如何？"那一声"哦"似乎在宣告我没认错人。

"哦——"这回语调稍有不同。

或许她耳背，我想，信中可没提到。我提起她的行李，她顺从地跟着我来到车前。

回家途中，我没话找话，一字一句发音标准，像在演说。不过很快真相大白，压根儿没耳背这回事！古德龙完全不懂西班牙语，英语也几乎不会说。而我私底下认为，即便用德语，估计她也不爱开口。我没法证实这一点，学童时代的那点儿德语实在拿不出手。"今天我们去博帕德郊游。"惟一能勉强凑出来的一句话，毫无用武之地。

到了家，古德龙抛给安娜一个温情的微笑，没喝一口水吃一口饭就钻进了她的屋子。我与安娜面面相觑。"也许过两天就好了。"安娜表示。

"嗯，那最好。不过，可别指望她会变成一枚开心果！"我说。

第二天，一顿沉闷无比的早餐吃完，安娜竟成功地让古德龙明白菜园得除草了。这个早晨余下的时间里，古德龙恰到好处地遁形而去，如风卷残云，菜园里的杂草横扫一空，不亚于一台除草机。安娜煮了咖啡，她们一起喝咖啡，抽烟，以某种不可名状的非语言方式，她们结为同盟。

或许缘于安娜的暗示，古德龙似乎发现我是个逗趣的样本，一旦我走近，她便开始嗤嗤窃笑。我只得茫然笑对。古德龙的"哦"式表达一如既往，而我的博帕德旅行计划偶尔探头探脑，友谊好歹一点一滴地建立起来。

或许因为我们之间的对话简化为牙牙学语的水平，古德龙看起来比25岁的实际年龄更小。她高而瘦，面色苍白，仿佛一位刚过猛长期的少年；浓密的金发从脸颊两边垂落，构成一个惊人的大笑靥。渐渐地，古德龙与我们相处得越来越融洽，我们对她好感渐生；她也不再冷若冰霜，稍显活泼，常笑脸盈盈。古德龙继续留在农庄，睡在一间储藏室改建的卧室里，整日除草。

海梅是完全不同类型的wwoofer——马德里来的都市青年。初来乍到时，我们列队欢迎。海梅径直大步走向现代与都市气息最淡的马诺洛，紧紧握住他的手，自始至终直盯着他的双眼，说道："你好，我是海梅。"马诺洛可怜巴巴地向安娜求援。

余下人等海梅一视同仁，不论见了谁，他张口就是对方母语的通俗大白话。海梅英语流利地道，带着大洋彼岸的口音。这得益于一大把英语国度的女朋友，从果阿①一直排到马林县②。他无休止地问这问那，永不停歇地扩展词汇量，并严加考问我们对母语的掌握情况。此人最大的毛病是死不认错，特别是不能当众揭短，尤其恰好对方还是一位女性。

有一天，安娜与海梅在狗舍前。狗舍是一种难以名状的棕红色。"告诉我，安娜，"海梅开口了，"那种颜色用英语怎么说？西班牙语里叫granate。"

"嗯，偏红棕色，算不上一种特定的颜色。"她答道。

"是。不过总得有个名称吧？"

"没名称。"

"喂，严肃点，老兄，那绝对是种特定的颜色。"

"不，不是。偏棕色。如果有名称，那我还真不知道。"安娜忍不住争辩。

"你看，老兄……在西班牙语里，它叫granate。人人都知道。整个西班牙，从南到北，从东到西，谁不知道这个颜色啊！"

海梅情绪激动起来。就在这时，仙人掌丛里传出窸窸窣窣的声音，马诺洛出现了，肩膀上站着洛尔卡。洛尔卡喜欢马

---

① Goa，印度面积最小的一个邦，位于印度西岸，以沿海沙滩闻名于世。

② Marin County，美国加利福尼亚州的一个县。

诺洛。

"看着吧,"海梅嚷嚷着,"我来问马诺洛。喂,马诺洛,狗舍是什么颜色的?"

马诺洛迟疑着将目光从海梅转向狗舍,又转回来。

"说吧,告诉我们,那是什么颜色?"

"呃,是一种红棕色……对不对?"

"不是!老兄!你明明知道!喂,老兄,饶了我吧。"

"棕色!"

"上帝!你明明知道的,棕红色,不是吗?"

"棕红色。"马诺洛喃喃自语般随口念叨着。

"听到没,安娜,他说了!这个词无人不知无人不晓……"

———————

海梅常以自己潜心修行而自豪,所以我们故意激怒他,将其从栖息的业力枝头击落,以此为乐。他的修行主要是太极与冥想,得承认,确实能在一定程度上达到自我控制。

晚上,我们聚在火炉边,懒懒散散地窝在沙发里,捧一杯葡萄酒或巧克力,有一搭没一搭地聊天、读书或者听音乐。海梅总在一丝不苟地完成灵肉锻炼后姗姗来迟,礼貌地和每个人打完招呼便拿着他的砖块(他总是随身带着一块木砖)放在屋子中间。他缩在砖块上，呈半莲花坐，背挺得笔直。他不喝葡萄酒，不过会接下一杯热水备着。随后，他目不转睛地盯着火苗，开始念咒，尽量压低声音避免妨碍他人。如果跟他说话他也会应答。不消说，我们已忍无可忍……

一天晚上，我开车送海梅与古德龙去山区的一个酒吧参加凯尔特①音乐之夜。我在酒吧里找了个惬意的座位；海梅带着他的砖块，坐在乐队前岿然不动，拒绝啤酒；而古德龙则在人群后绕来绕去，享受着音乐。两人自得其乐，互不搭理，直至钻进汽车后座一起回家，经过百般试探，古德龙终于让海梅理解了她的意图。

古德龙的真实感受很难猜测，但海梅的漠然令我有几分不悦。

当时，海梅俨然一名水上船夫，在幽深的生命之湖表面飞来掠去。他得向游弋在深处的银色底层食客学习。水面上，望不见底，惟有天空的倒影。那不过是个虚假的幻象。

---

① 凯尔特音乐是来自于凯尔特人的音乐。凯尔特人原为公元前一千年左右居住在中欧、西欧的一些部落集团，经过漫长迁徙来到英伦，其后代今天散落于爱尔兰、威尔士、苏格兰北部与西部山地各处。凯尔特人包括爱尔兰人、苏格兰高地人、威尔士人及康尼士人，他们大多操双语——英语和本族语（盖尔语或凯尔特语）。典型的凯尔特音乐可以听到提琴、风笛、小竖琴或者两个风箱的手风琴。

且不论我对于海梅与古德龙感情生活的忧虑，这对园艺组合堪称珠联璧合。安娜的园艺梦想在古德龙那里大获赞同，她们边吃早餐边发出一些元音，交流完毕，古德龙便对自己的任务一清二楚。同时，海梅忙着修一条新道，从房屋蜿蜒至菜园，横跨一条偶尔涨成小溪的细流。

在古德龙的照料下，植物长势稳定。海梅设计了一条小径与一座小桥，绑成一体的圆木呈现出禅意的美感。海梅是想象力活跃的艺术家，无论什么任务，经他的妙手，都化为创造性的杰作。当然，并不是总那么方便。有一次，大门门闩坏了，他自告奋勇去换一个。我们的家门向恶劣的天气与贪婪的野兽大敞三天后，迎来了史上最美的门闩，形状、设计无不匠心独具。家门摇身一变，精美典雅。直至现在，一旦对其稍用蛮力我便不禁忏悔，似乎一不留神，这门闩随时会被召回真正的归属地——一间画廊。

有时，海梅同我们一道吃饭，不过通常他自己解决。他强调，他不是个顶级大厨，但为保持良好体型，每日所需摄入的精确卡路里量他了如指掌。每周，他会准备一大炖锅蔬菜泥，手头上有什么都往里扔。每天热一遍，喝上两大勺，权当晚饭。他估计煮一次足能吃上一整个星期。

海梅的体型的确没话说。整个夏季，他穿着最小号短裤晃来荡去，以晒成均匀漂亮的棕褐色。他没有一丝多余脂肪，肌肉线条锻炼得无懈可击，腹部肌肉紧实，毫无赘肉；胸肌宽阔，线条清晰，漂亮结实的二头肌、三头肌一应俱全。

而马诺洛，本该属瘦长型，大约归咎于猪肉，实情大相径庭。尽管他体内的层层填充物之中潜藏着超人般的力气，海梅望尘莫及。然而，那个夏天，马诺洛对海梅的体型表现出莫大的兴趣。于是，我们第一次看见马诺洛不穿汗衫，真正的阿尔普哈拉斯人几乎不会如此。马诺洛还关注海梅端到无花果树荫下吃的食物。他俩就控制饮食及其对体型的影响进行一系列讨论后，中午马诺洛的自备盒饭开始改变花样，蔬菜、沙拉、水果出现，大厚片的tocino——猪油与炖菜，逐渐退居二线。马诺洛幻想着经过改造的体型或许对他的爱情生活大有益处。眼下，他正处于饥荒期。

"真可惜，你知道，古德龙对我有意。"某天早晨，海梅说道，"其实她很适合马诺洛。我告诉他随时可以去问她。我可没那么强的占有欲。"马诺洛站在身后，几步之遥，憨憨地对着他的新导师微笑。

"你真是大方，海梅。"我回答，"不过，你不觉得古德龙对此有发言权？"

马诺洛本人有一个大胆的计划，他想与古德龙共度一生。他年迈的母亲在一次膝盖手术后卧床在家，他认为古德龙会愿意继续在山谷逗留，正可与母亲做伴。

"拜托，马诺洛，"我试着把他拉回现实，"古德龙一句西班牙语也不会说！她跟你妈妈整天在一块儿干吗？"一针见血，正中要害，足以击碎一厢情愿的幻想。

马诺洛思索片刻。

"她们可以看电视。"他欢快地回答。

我无言以对。海梅却表态说主意相当不错，他当晚就会告知古德龙。

还好，这是我们最后一次听到这件事。

事实上，古德龙几个星期后便回了德国，学习护士课程。

马诺洛与海梅是否因她的离开而心烦意乱，不得而知。或许他们不露声色，又或者，那些明显的迹象我都不曾留意。春意渐浓，新事物突如其来，暂时吸引了我的全部注意力。我得去建一个生态大工程。

A
parrot
in the
pepper tree

生态大工程

我们的生态大工程可以追溯到一个早春的清晨，我带着几条狗去屋后的山上散步。我注意到山上一个瘦小的人影，正小心翼翼地穿过灌木丛下山。他停下来，开始挥动手臂，随后指着峡谷方向，似乎示意我去看什么。我不明所以。那几日，没有一丝风，惟有杜杜比亚鸟偶尔划过万里无云的天空。接着，我看到卡迪亚尔河中激流咆哮着滚滚而下。顷刻间，整座河床积满红褐色的洪水，山上冲下来的丛丛灌木与树木散落其间。眨眼间，急流消退，河水恢复平稳和缓，一如往常。

骤发洪水造成的侵蚀骇人听闻，不过，这是第一次活生生地展现在我眼前。孔特拉维耶萨山中必定暴风骤雨刚过，因为河水裹挟着陡坡上的红土，浑浊无比，泥沙量惊人，水流宛如糖浆，流速缓慢，重塑着河滩地形。

我转过头望向山上，刚刚挥手的那人正沿

着小径走来。他穿着一套紫色的运动服，在石头间跳跃前行，身手敏捷，与他的银色卷发全然不相称。他带着一把样式时髦的折叠伞。

"你好。"那个人用英语打招呼。

"你好。"我答道，饶有兴趣地盯着那把伞。

"哦，这个啊，日本设计，很小巧……"他发觉我的好奇，解释道，"我担心会突降暴雨，没想到已经发生了。"他详细介绍了洪流现象，指出他认为河流路径形成的原因。

这些水文地理知识听得我如痴如醉，站在那儿一个劲地提些怪问题。最后，我问道："你去哪儿？"

"我回我的货车，停在河上游大概两公里处，在那所农舍上面，"他指着埃尔巴莱罗，"那是克里斯与安娜的家，你大概认识……"

"呃，没错，没错……嗯，我就是他们……的其中一个。"

"真的吗？荣幸！"他顿了顿，斟酌着词句，"我本打算登门拜访，做个自我介绍。"

"太荣幸了！"我说，"请问你是哪一位？"

"我叫特雷夫，"他说着伸出手来，"不是特雷弗，是特雷夫。"

我表示很高兴见到他，建议两人一道走回农庄。我急于看到洪水对河阶地带造成的损害。一边走，特雷夫一边告诉我，自己是一位四处游历的生态工程师，并认为我们可能需要他的服务。我告诉他，生态工程师究竟从事什么样的工作我毫无概念，不过如果能提高太阳能发电板的效率或者改良仙人掌东摇西摆的特性，我们自然求之不得。特雷夫听了点点头。不过他说，自己更愿意在土木工程上大显身手。"只是举个例子。"他匆忙补充道。等我们将这片地区巡视一遍，他会告诉我可以从何处着手。

我们在屋前停下来。我给特雷夫沏了一杯花草茶，拿到露台上。特雷夫已经走下梯田，来到安娜的菜园边，前前后后地踱着步。他间或停下脚步，抬头看看太阳，食指摩挲着鼻翼。这似乎是他思考问题时的习惯动作。洛尔卡密切关注着自己的领地，它在一株高大无花果树的枝丫间轻快地飞来掠去，研究这位入侵者。

"我仔细观察了你的太阳能发电板和供水系统，"我走近时，特雷夫说，"而且我明白你对仙人掌的不满。它在那里显得格格不入，是不是？你想要的是一片芦苇地来净化废物。"

随后，他边伸手拿杯子边仰望着无花果树枝："啊，一只和尚鹦鹉，我打心眼里喜欢那些！"他继续刚才的话题，"我们可以横向考虑，在本地将另类与传统技术熔为一炉，时机再好不过。记住，非常有希望，正适合这个项目。"

"没错。"我慢条斯理地回应道。他用了"我们"这个词，况且这番话不落俗套。"那么，你认为我们该实行什么生态计划？"

"嗯，费事，而且不便宜。不过我可以帮你们建成一个试验性的大胆创新工程，切实改善并协调环境。当然，如果你感兴趣的话。"

"听起来挺有意思，"我说，"是什么？"

他答道："一座游泳池。"

我难以置信地望着特雷夫。

"你疯了吗？"我说，"我要那倒霉玩意儿干吗？老天！如果想游泳，就去河里好了！"

他对我的注视投以探询的目光："那前景可不乐观。"他点头示意，山下河床已遭破坏。

诚然，洪水及淤泥冲毁了天然游泳池，不留一丝痕迹。那座游泳池靠马诺洛的拖拉机铲车垒起一个不甚牢固的巨石堤坝。如果重建，仅收集巨石就得在炎热的天气里干一整天。

原来，特雷夫为埃尔巴莱罗设计的"游泳池"全然不同。

"我不打算在地面上挖一个矩形池……"他解释道，"漆成蓝绿色，在里面注满化学物质。不，完全不是这么回事。我考虑将水引近你的房子，创造一个生态环境，能在里面游泳。记住，既天然又洁净，一滴氯也没有。"

特雷夫继续解释氯是植物杀手；与人类游泳池里的氯相比，喷雾剂、电冰箱以及牛胃胀气对臭氧层的破坏倒是小巫见大巫了。然后，他开始描绘专为我这样的顾客——懂得生态学的价值，视农庄及周遭环境为花园，有意识地保持土壤肥力，不会肆无忌惮地劫掠——而设计的方案。

特雷夫的设想美妙无比，听上去也不大像游泳池推销术。他的构想中，我们的生态环境（游泳用）是一池清澈透明的水，经第二池中百合花、芦苇、灯芯草与水薄荷丛林的过滤净化。美味的鱼群在池中游来游去，吞食破坏池塘纯净的生物与微生物。一片巨大的原始生羊毛垫漂浮在芦苇池表面，吸收所有受防晒油及其他油膏污染的黏性物质。倘若任何微生物或淤泥突破了这一强大网络，将会由太阳能水车汲升至一个巨型石瓶中，那里盛满筛过的细沙及泥土（游泳池用品店即袋装有售），来自史前。水在巨瓶中过滤后缓缓流过石头沟渠，阳光会杀灭涓涓细流中的细菌。纯净的水如瀑布般落在太阳曝晒的石头上，回到主池中。整个工程运用天然材料，取自本地；构造简单、贴近自然，令人振奋；本土或外来的植物与石头美化了景观；最后，用黏土与茅草搭成一个质朴的篷顶。

　　毫无疑问，这个构思基于一整套乐观假设，简直异想天开，复杂到匪夷所思。哪个心智正常的人会委托这种工程？！

　　而我当场同意。

✳✳✳✳✳

　　那个早晨余下的时光，我都沉浸在沾沾自喜的想象之中，仿佛埃尔巴莱罗已成了环保技术的试验样本。坐在梯田上、菜园边——按特雷夫的说法，时机再好不过。我想象着安娜、克洛艾，还有我自己无忧无虑地飘浮在百合花丛中，眺望远山与河流，鲤鱼在深水里横冲直撞。

　　汽车喇叭与狗吠声驱散了我的白日梦，安娜与克洛艾从奥尔希瓦回来了。海梅与马诺洛也回到屋里取工具，于是，我们一道坐在田埂上，在树荫下喝上一杯。我情不自禁，大谈特谈洪水、遇见特雷夫，以及重整埃尔巴莱罗风景的大胆新计划。

　　克洛艾欢天喜地。"我们自己的游泳池！"她欢呼雀跃，又激起狗吠声一片。在河里游泳显然对一个八岁孩子并无太大吸引力。她指出，河底泥泞，水都漫不过膝盖，很难练习泳姿。而且，河床太宽，游完回去取挂在柳树上的毛巾时又会出汗，还粘了尘土，更别说回到屋里来。特雷夫的生态计划中，她惟一的担忧是，能不能在她的朋友汉娜下周末来玩前完工。

安娜理清头绪，确认我并非痴人说梦，况且这一委托着实不赖，尤其那些植物，她倒也有意。"听起来真的很漂亮，"她承认，"我也乐于见到埃尔巴莱罗建成自己的大工程。不过，你怎么知道计划行得通？还坚信不疑？特雷夫，这人究竟干什么工作，你了解多少？"

我坦言，的确心里没数。那天早晨，我和特雷夫也聊到了他先前的项目以及他所选择的生活。过去五年间，他在英格兰、比利牛斯与阿尔普哈拉斯三地来回奔波，一辆特制的货车——家——办公室三点一线，各地逗留的时间据工程而定。近来两三个月，他在罗梅罗庄园干活，那是奥尔希瓦镇外的一座另类疗法中心。该中心专门从事个人发展课程，重生、瑜伽、圆圈舞，诸如此类。特雷夫为治疗室设计并安装了一套复杂的地热系统。我委婉地表达道："抛弃顽固自我的束缚时，有什么比舒适温暖的地板更重要呢？"

安娜竟未嗤之以鼻，不过她希望了解系统冬季怎么运行，是不是果真有效。海梅却跃跃欲试，他似乎比我们更懂得项目的运作原理，急不可耐地想亲眼见到它们联成整体。"不过，我拿不定主意是不是该留在这儿游个泳，老兄。"他说，"这个项目可是相当棘手，要正常运行估计得花上好几个月。"

整个讨论过程中，马诺洛自顾自微笑着，如听天书。"几个月？"他脱口而出，"不过是个游泳池。"修建游泳池在马诺洛脑袋中还是老观念，他已经干过好多次了。一个铁打的法则是不超过6个星期。一旦突破这个期限，工人便不能胜任，或者将你的钱财洗劫一空；又或者，两桩倒霉事都轮上。

我再次解释这个工程与平常注满化学药品的水池截然不同，我们将创造一整个全新的生态环境，并巧妙维持水的清澈与纯净。

马诺洛听完又绽开他平日的笑脸，问道："那么，没有氯？"

"没有，马诺洛，"我回答，"没有氯。"

接下来两个星期，特雷夫一头扎进计算、表格与设计之中，如同着了魔一般。水闸总是阻碍他的理想方案，于是我们风风火火前去支援，现在已敞得更宽，而点子如泉涌。特雷夫以这个工程为生命，靠它呼吸、睡觉、喝水、吃饭。他胡乱用绿菜叶子塞满一只全麦小面包权且充饥。后来得知，这种将就吃法是为了挽回女朋友的心。显然，她蹬了他（通过电子邮件），因为她的理想伴侣是全素食者，而特雷夫半吊子的素食主义远远不合格。她并非无理取闹，因为特雷夫和我们一起上餐桌时，他会专心致志对付一碟烤鸡，是个彻彻底底的大胃王。

有时，为了看电脑工程图，我会进入特雷夫的货车，车就停在河对岸一棵橄榄树荫下。这辆车外表毫不出奇，像通常租来摆个摊卖东西的那种车型，旁边的石头上架着两块硕大的太阳能电池板，由一根电绳拴在引擎后面。阳光灿烂的日子里，太阳能电池板为他的电脑及电器提供电力，远远供大于求；阴天，他也能利用汽车给太阳能电池充电。他还找到离埃尔巴莱罗最近的手机信号点，我常碰见他坐在山头抱着笔记本电脑上网。

这台先进Tardis[①]上，惟一不相称处是车门。特雷夫第一次告诉我门很难打开，并表示他开门时我得退后，我想当然认定是由某种先进的锁时装置控制。事实上，门凹凸不平，只能在某个特殊区域猛力踢撞后使劲拉把手才打得开。一种老旧的方式经得起时间的考验，真是令人欣慰。

特雷夫似乎可以胜任任何机械或电子作业，科学、艺术以及希思·鲁宾逊[②]式的花哨代用品，他信手拈来。这个生态环境工程逐渐成形。他还为我们的旧兰德路华越野车改造了挡风玻璃擦拭器，并装配了一组太阳能电池板，可以随着太阳改变

①　英国科幻电视剧《神秘博士》（Doctor Who）中可穿越二维空间（时间与空间）的时光机。

②　英国漫画家，以画不实用的异想天开的机械闻名。

方向，以保持整日与照射的阳光呈垂直角度，夜晚则自动返回起始处。这组拆自一个废弃的水泥搅拌机的电池板用于发动另一台机器，从而转动水车，水车的起重能力可将全部池水汲升后通过过滤器三次，而这一切只需一个夏日平均十二个小时的慷慨阳光。

***

　　整个进程中，以审美至上，因为特雷夫也是一名艺术家。他以巴尔·多尔芬之名展出自己的艺术作品（波希米亚圈中，这个名字比特雷弗·米勒更具吸引力），不过一望可知，那些艺术作品就是他的各种设计。比如，泳池台阶，呈螺旋状蜿蜒而下，令人联想起镜头光圈中互相咬合的叶片，或者包豪斯①水上雕塑的杰作——伦敦动物园里的企鹅池。

　　工程精确依照我最初的要求展开，惟有一个小障碍。这个障碍敌意十足，会将我们宏大的努力毁于一旦。特雷夫是绝对的完美主义者，不容忍任何差池，一旦与计划产生毫厘之差，他便如临大敌，担忧危及全盘工程。他很可能是对的，可是

---

　　① 包豪斯（Bauhaus），是一所德国的艺术和建筑学校，讲授并发展设计。由于包豪斯学校对于现代建筑学的深远影响，今日的包豪斯早已不单是指学校，而是其倡导的建筑流派或风格的统称，注重建筑造型与实用机能合二为一。

很难兼顾精神与金钱两方面，仅仅因为某一步骤有2厘米的误差，或者材料并未完全合乎标准，便毅然推翻重来。

还有一些日子，我们无所事事，等待着为随后的进度寻找货源或者运来材料。材料送达无误前，我、马诺洛与海梅会做一些零活。夏日就在眼前，游泳池依然遥遥无期，我几近崩溃。我和马诺洛一直奋力完成鱼池与污水坑的拦坝污水坑，水由水车汲上来，送进砂滤器。我们会搏斗一整天，以使拦坝达到水平状态。进展缓慢，任务繁重，令人筋疲力尽，但我们始终坚持，深信曙光终究会到来，很快就可以进入下一阶段。特雷夫随即登场，穿着他一尘不染的洁白工装裤，观察了一会儿，摆了摆手。

"不，不对，不该那样，"他喊道，"大错特错啦！"

"什么？！"我气急败坏。

"错啦。没达到水平。你看，不是水平，从这儿开始。恐怕你还得重来。"

马诺洛耸耸肩，不置可否。但我已经准备抗争到底。"看这儿，特雷夫，"我说，"有那么一丁点偏差有什么关系？看在上帝的份上，这不过是个水池，又不是该死的巴比伦空中花园。"

特雷夫转过身去，状似痛苦："好吧。如果你只是想糊弄了事，那也没关系。那是你的钱，你自己干的活。而我，我想

做到最好，创造一件真正具备美感的作品。你自己想想吧，克
里斯，认真想一想。"说完，他离开，朝他的货车走去，一只
指头使劲地摩挲着鼻子。

我坐在一块石头上，充满挫败感。特雷夫对细节太过挑
剔，如此一来，很多事情陷入僵局。我环顾四周，目光在马诺
洛与海梅身上打转。但他们毫不理会我的情感爆发，似乎认定
我在胡搅蛮缠。

吃午饭时，我与安娜聊到这件事。

"既然你已经干到现在，"她说，"还不如按部就班地做
到最后。何必赌气，因小失大呢。"

"嗯，我知道。你说得没错。"

下午，我大步流星回到原地，抡起大锤拆除拦坝。那天工
作快结束时，特雷夫再度出现。

他看着我身边一堆碎石块，确信："我们在追求美。"

A parrot in the pepper tree

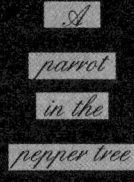

装在粗花呢里的人

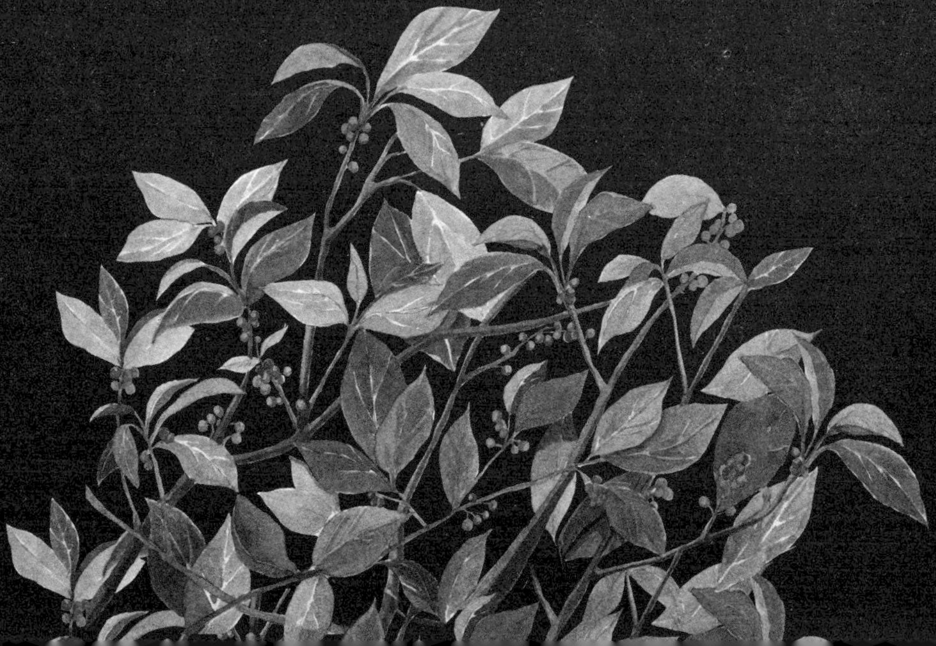

某个周末，趁马诺洛不在，我决定下田干点农活。于是，从羊圈下的一片田耕起，那里已多年无人照看。

长年水灌，羊蹄践踏，地表已仿若混凝土浇注。我不得不在中耕机里堆上石块，这才勉强耕得动。即便如此，田地也只不过裂成粗大的灰土块。来回几趟后，倒也成果斐然。农活也不失为一桩乐事。田下是一排柠檬树，每回从树下经过，拖拉机烟囱突突喷射，淡白的花雨从天而落，落向拖拉机，落在我的身上，落满田间，给大地镶嵌上一瓣又一瓣乳白色。

拖拉机嘎嘎轰鸣，泥土在中耕机的犁头下翻卷，花瓣如初雪飘临，悄无声息。我恍然入梦。农业活动不乏美感，我思忖着，环顾四周：精心整枝的橘树次第而下；藤蔓攀着羊圈往上疯长，缠得难解难分；而苜蓿，经过第一次修剪已茂密许多。巡视完毕，我惬意地长舒

一口气。没错，本人称不上最佳农业能手，辛苦多年，有时劳
作起来几乎累断了腰，农田的收成却从不够糊口。然而，我们
却尝到了别的甜头。例如，目及之处皆是景：立于这颗星球上
的一隅，群山环抱，河流相伴，青翠如绿洲，苍穹一览无余。

　　我不免略带得意，任由思绪飘忽，想到我们拣出田里每一
块石头；想到土壤每犁一回，土壤似乎会更肥沃一些、黝黑一
些，菌群也会更壮大一些、活跃一些。夫复何求！我的白日梦
被一声河东狮吼生生击碎！安娜在屋里，她刚从镇上回来，正
在露台上挥着手。

　　我也吼回去，意思是我就来。她晃悠悠转过身往厨房走
去。隔这么远，身旁一大群听风就是雨的好事狗碍手碍脚。我
依然有了不祥的预感，于是停下拖拉机回屋。

　　安娜递给我一封信，她从邮局取回来的。看信封是某机构
的公文信函，相当正式。寄信人为水资源联合会，是河流当
局，口气俨然公事公办，绝不多吐露一个字。信中声明，我们
农场的灌溉渠并未正式登记，若发生纠纷该联合会无力提供任
何保护。灌溉渠是我们农庄的水源，何曾有人向我们的灌溉渠
投来一丝觊觎之意？凶多吉少！我们一下子懵了。信末，对方

邀约：欲知详情或请求援助，可前往本联合会位于马拉加的办事处。署名胡安·曼努埃尔·巴尔多梅罗。

我看看安娜。显然，来者不善，我却一时半会儿想不出个所以然来。安娜本擅长破译此类含糊其辞的威胁警报，此刻竟同样一头雾水。"莫名其妙，"她思索着，"我估计那个水力发电项目要卷土重来。可是，项目第一次提出的时候他们为什么没有寄来呢？只怕这回他们要出损招了！"

安娜口中的项目是在我们农庄的上游建水力发电站，已叫嚣许久，计划凿通绵延数公里的群山，将河流改道。整个工程将丢下满山谷的废弃物，危及所有的水源，同时高压电线也成为潜在的生命隐患。该项目搁置一年有余，即便打算重新开工，也没道理当下对我们的灌溉渠纠缠不休。我四处找信封，指望那里面藏着点提示。但信封已不翼而飞，是洛尔卡干的。基于安娜的敌人就是自己的敌人，洛尔卡已经将这封唐突无礼的信件衔回他的堡垒淋浴水龙头上，并忙不迭地要将其大卸八块。

* * *

两天后，我和安娜前往马拉加，去会一会胡安·曼努埃尔·巴尔多梅罗。水资源联合会总部是一座不起眼的红砖楼，

在市植物园旁。我们硬着头皮闯进去，强作镇定。不出所料，
巴尔多梅罗先生不在，而他早晨的那杯咖啡大概还没喝完。不
过，他们说，你们等等看吧。我们走出他的豪华大办公室，坐
在走廊的两把高靠背椅上。

门敞着，一望即知，那人确实不在。有人慢吞吞地从我们
身边走过，捧着成捆的纸张与文件夹。偶尔一两个打扮干净利
落的男女停住脚，礼貌地询问我们为何在这里。"我们在等胡
安·曼努埃尔·巴尔多梅罗。他还在喝咖啡。""当然，这个
时间他是在喝咖啡。"说完，他们又走了过去。

我和安娜有一搭没一搭地耳语几句，就像在等着见校长
或者会诊医生。陆陆续续有人停下脚步好奇地瞅两眼。每
当此时，我们就展示一下那封信。他们端详一番，表情凝
重地交还给我，说道："这件事，你得去见胡安·曼努埃
尔·巴尔多梅罗。""没错，"我们点头，"他不是在喝咖啡
嘛！""对，是！"

仅一个早晨的工夫，我们已经和该联合会的工作人员彻底
混了个脸熟。他们的工作内容就是捧着大叠纸张从一个办公室
走向另一个办公室。说起来他们也算友善种族，走过来走过
去，每回都冲我们笑笑，却也无话可说。

许久，一个管事模样的人物出现在拐角处，穿着一件花呢
夹克，系着领带。"终于来了！"我们异口同声，"胡安·曼

努埃尔·巴尔多梅罗！"

我们站起身，握手，自我介绍，呈上那封信。对方竟从头读到尾，一行不落。读罢，他从眼镜上方打量我们。然后，他又重读了一遍。此人终于招呼我们进办公室的时候，脑袋还埋在那封信里。我们坐在办公桌对面的高靠背椅上。

"嗯……这件事，"他说着，轻巧地取下眼镜，"你们得去见胡安·曼努埃尔·巴尔多梅罗。"

"我们知道。不过，他还在喝咖啡呢。"我们答道。

"确实，"我们的这位新朋友说道，"你们还得在这个办公室等着。这里更舒服，请自便。"他在办公桌上摸索了一圈后推过来一个绿色的文件夹，其厚度不亚于一块砖头。

我不禁问道："胡安·曼努埃尔·巴尔多梅罗如果看到两个陌生人坐在他的办公桌旁乱翻资料，会怎么说？"

"哦，没事，他才不会介意。我去帮你们看看他在不在。"他说着，消失在走廊尽头，独留下我们俩面对着文件夹。

此刻离办公室下班吃午饭只剩一小时，我和安娜急急忙忙翻查起文件夹，好歹有点事情做了！这堆文件不外乎冗长的官样文章，连篇累牍的行政纪要，一页又一页的表格、曲线图、拼图；外加一沓又一沓某领导给某领导的信件，态度恭谦，措词生僻，语焉不详。倘若精通行政管理术，噼里啪啦翻一气即可拍拍屁股走人。我眼神呆滞地望了安娜数分钟。安娜恐怕确实有从政的潜质，竟然熟门熟路。

"我们到底图什么？"我丢下手头的那一半文件。

"关于埃尔巴莱罗的任何事情，河流，水电站项目，"她鬼鬼祟祟地说道，"提出方案的公司叫内华达之瀑。"

"内华达之瀑，在这儿！"我不禁嚷道，庆幸自己一撞一个准，这批文件全部与该项目有关。

我们迫不及待地一头扎入其中，一页页的许可、预测以及测量数据，翻到背面，某一页的标题是《埃尔巴莱罗的灌溉渠》。"想不到啊，"我对安娜说，"居然为我们辟了整版！"

两人默不作声地对着这页纸，盯着图片。在我看来，内华达之瀑的项目毫无理由搁浅，但该公司却稍作让步，计划推延。我和安娜坐了一会儿，试图消化这些信息。

我打破了沉寂。"嗯……不幸中的万幸。这项计划并不怎么侵占河流，也不必视为眼中钉吧……"我语塞。

安娜根本没在听，一直研究着那页纸的背面，脸色已惨白。

"怎么了，这是什么？"我又嚷嚷。

她把那页纸推到我眼前。纸上有一幅水坝图，标注着详尽的海拔数据与地图记号，题为《关于保留埃尔西拉多格拉纳迪诺水坝的意见》，图下的一封信中写道，"鉴于新水坝的建设必然导致河床升高，内华达之瀑公司将迁移提案中的水电站，由此造成任何损失均不会向河流当局要求赔偿。"

安娜陷入沉思。埃尔格拉纳迪诺在我们下游，相距不过1公里，而眼前的提案正打算在我们山谷里拦河筑坝——就是我一直担心的水坝，当初购置农庄时就有此忧虑。出人意料，该提案中的水坝与水源或水力发电毫无关联，其功用异乎寻常，过滤淤泥及漂砾，以防止淤泥及漂砾源源不断地冲向海岸附近鲁乐斯新修的巨型拦河坝。鲁乐斯是西班牙有史以来最大的建设工程之一，跨度900米，预计耗资400亿比塞塔。

如此一项伟大工程，我们不过一粒微尘……然而鼻尖下的这页纸却表明，我们山谷也得上台跑个龙套。格拉纳迪诺水坝建成后高达50米，多孔结构水可渗透。那么，我们山谷终将会被洪水，不，是被水坝下堆积的泥沙淹没……地图上，淤积处用加粗体标着425米的等高线。而我们农庄最低点的小丘则标为404米。那么，整个埃尔巴莱罗将不复存在……

难以置信！我和安娜相对无言。这时，另一位管事模样的人物穿着花呢夹克，系着领带出现在门口。他自我介绍，他叫胡安·曼努埃尔·巴尔多梅罗。

"你们在看文件呢，"他说，"有没有找到你们感兴趣的？"

"嗯，还真找着了……"我答道。

他探过身看着文件，拇指摩挲着胡须："哦，埃尔格拉纳迪诺，是计划保留的水坝。"

"就在我们农庄下游。"我脱口而出，"这幅地图，这种高度，是不是打算将我们农庄整个埋在泥沙下面？我们必须弄清楚工程会不会开工，如果开工将在什么时候。"

"想必你也可以想象，这对于我们来说意味着什么。"安娜平静地补上一句。

"嗯，"巴尔多梅罗再次摩挲着胡子，一字一顿地说，"你们懂西班牙语，没错吧？"

"懂。"我们答道。

这时，先前领我们进办公室的粗花呢先生走了进来，站在办公桌旁，加入谈话。他拿起文件夹，扫了一眼正处于风口浪尖上的那页纸，一目了然！

"嗯，"巴尔多梅罗继续说道，"必须申明，该项目目前尚处于假设阶段，甚至还未获得准许，八字还没一撇呢。"他继续解释道，这种级别的工程将会遇到诸多障碍，现在担忧农田会不会被水或者泥沙淹没为时过早。

这番演讲回肠荡气，我们几乎信以为真，安心而返。安娜却目不转睛地盯着第一位粗花呢先生。事已至此，他不得不说两句，换言之，将同事的意见复述一遍。"没错。一切暂未确定，即便最恶劣的情形——你们所能预想的最恶劣的情形——河水中滤出的泥沙严重威胁你们的土地，那还得很多年。"

"多少？"安娜问道。

粗花呢先生难住了。

"多少年？"安娜补了一句。

他耸耸肩，摊开手。"谁知道呢？河流可说不准，真的。有什么事我们一定会及时告知。当然，我也不能担保什么。不过，你们确实用不着杞人忧天。"

这颗定心丸却引发了副作用。"喂！"我说，音调陡然提高。安娜瞪了我一眼。"喂，我们原本打算在这个农庄欢度余生。我们种树，盖房子，花了大把的时间和积蓄。你告诉我们，接下来该怎么办？我们得知道。"

两位粗花呢先生望着巴尔多梅罗摊开在办公桌上的一幅测绘地图。那是一幅大比例尺地图，每一条等高线都清晰准确。

"恐怕难以给出明确的答复，当前不确定因素太多。今后一年中，我们会逐一调查清楚。"巴尔多梅罗答道。

"那么请问，如果是你，会不会把自己的绝大部分积蓄砸进这块地方？"安娜直视着粗花呢先生，问道。

停顿。

"不，"他答道，"我不会。"

午饭时间，我和安娜在离联合会不远的地方找到一家馆

子。刚才这场噩梦般的讨论后，我们渐渐平复。两人点了一瓶
葡萄酒，某特色菜——马拉加的一绝，然而桌上那些冷血动物
的油炸品却令我们如同嚼蜡。我在桌下拉住安娜的手，握紧，
给她一脸苦涩的笑容。

"呃……糟透了！"我说。

"就知道你要这么说。"她的笑容转瞬即逝。

"就知道你知道，我才这么说。不过，你知不知道我在想
什么？"

"不知道，说吧！"

"嗯，山谷这么大，要想填满真得几个世纪！我估计，把
羊圈埋上都得花好些个年头。到那时候，你，我，可能连克洛
艾都老得走不动路了，更别提那些羊！"

"你才走不动路呢！"她嘟哝道。

午餐结束时，两人主意已定。我们会竭尽所能，了解水坝
工程的一切信息，必要的话也会奋起抵制。无论如何，决不泄
气，我，安娜，还有克洛艾。前路漫漫，但明灯不灭。于是我
们再次乐观起来，第一项乐观举措便是向当地环保组织求助。

说罢，我们随即走出餐馆，一路上谈笑风生，似乎万事不
在话下。

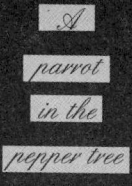

A
parrot
in the
pepper tree

河流保卫战

对于奋起抵制水坝提案，我们的第一个念头是去找多明戈商量。然而，他的反应却如一盆凉水当头泼下。西班牙村民面对政府机构的典型态度是听天由命。"管他呢，"他耸耸肩，"他们建他们的水坝，就算建好了也可能根本没什么用。有用又怎么样？别幻想大工程会半途而废。我们乡下人在有权有势的人眼里一文不值。"提克拉斯人也观点一致：与权力当局对抗，无异于以卵击石。

不过，第二个星期我们偶遇一位住在卡皮莱拉的木匠朋友加里。他告诉我们，自己是绿色联盟的成员。加里建议我们整理好全部资料，向该组织寻求帮助。阴转多云，终于有了一线希望！

然而，最终我们也没联系上绿色联盟。几天后，再遇加里。这回，他的遭遇令人啼笑皆非。他前去参加该组织的月会，一心打算向与

会者汇报水坝项目将导致的恶果，并希望采纳他的个人建议，
以便该组织轻松介入事件当中。他的提议还包括清理费雷鲁拉
村近些年来堆积在井旁的大量垃圾。加里以为，这是绿色联盟
的分内之事，也是应尽之责。到开会现场时，他心里还在斟酌
着，而眼前，绿色联盟的会员已经吵得不可开交。当日的议题
颇有点不着边际，是"世界范围内的塑料制品禁令"。辩论的
狂风暴雨持续了一个多小时，其间加里多次试图插上一句，却
未能如愿。终于，塑料制品提案通过表决。

　　"这是该组织历史上首次全体一致通过提案……"加里说
着，撇了撇嘴，又咧开笑了，"也不知道他们怎么去实施。不
过，会计一站起来报告财务状况，就没人吱声了。绿色联盟哪
有什么资金来源，最多给与会者每人买上一两杯饮料。听完，
有人提议干脆就地解散，挪到酒馆去。投票结果，再次全体一
致通过。"

　　我们顿时两眼一抹黑："那我们该怎么办？"

　　"你们还可以试试何塞·路易斯和他的环保团体，在塔
夫洛内斯，"加里继续出主意，"他们总该比绿色联盟效率
高吧！"

从加里口中得知，环保团体是正儿八经做事的组织，他们知道如何取得第一手调查资料；而何塞·路易斯，那可是位重量级人物，绝非愤青之流。此人是地地道道的行动派，体壮如熊，在阿尔武尼奥尔镇培训水管工养家糊口。阿尔武尼奥尔镇周围环绕着一片塑料暖棚之海。何赛·路易斯从西班牙北部的桑坦德搬迁至阿尔普哈拉斯，已居住五年，左邻右舍却仍视其为外来人口。然而，何赛·路易斯将全部闲暇时间奉献于当地的环境保护事业，揭发贪污腐败及不正当开发项目，以"半路杀出个程咬金"之势赢得声望。他以法律为武器，火眼金睛，在官僚主义的层层迷雾中除妖降魔，视威胁与贿赂如浮云。

何塞·路易斯的大名登场后不多时，此人的消息便从四面八方飞来。环保团体过往的成绩不俗。一年前，若非他们发起了抗议活动，塔夫洛内斯的沥青厂恐怕已经完工，由此造成的空气污染可想而知，遑论河流的污染。该计划属非法项目，已无人再提。项目涉及在附近辟一块采石场。如此一来，扬尘会扩散方圆数百里地，覆盖所有的农田，抑制树木与农作物生长。何塞·路易斯还查出该计划的多项违规操作，大感震惊。工程地点在帕特里莫尼奥·德胡文图德，而承包商本人尚年幼无知！他公之于众，上交地方议会，于是市长下令停工。

一个闷热难当的夏夜，我怀着强烈的好奇与或多或少的希望前往塔夫洛内斯，沿着瓜达尔费奥河河滩，寻找何塞·路易

斯的住所。谁能想象得出一位激进的环保卫士会居住在怎样的
地方？走进他的单层房舍，发现庭院四周竟围满细铁丝网（前
任房主似乎把这儿当成养鸡场），我一时没缓过神来。铁丝网
后，一个小女孩在摆弄几只晾衣夹，她的母亲正在叠床单。前
门开着，她笑容友善，招手示意我进去。我跟着一串香烟雾飘
入一间没窗户的小屋，那就是瓜达尔费奥河环保与文化团体的
总部。一堆堆书籍、烟灰缸、公证书，何塞·路易斯身居其
间，专心致志地盯着电脑屏幕。

"欢迎，克里斯托瓦尔！"他说着，费劲地把注意力从电
脑屏幕中拽回来，同我握了握手，把一只烟蒂弹进垃圾箱，又
伸出舌尖新卷一支烟，"你看这个如何？"

扔下唐突的一句话，他重新转向电脑，丢给我一个魁梧的
背影。接着，他点开一幅图片，放大，塑料暖棚的黄色一望无
边，跨过一片又一片农田，延伸至海边。

"不太妙，是不是？"他评论道，"想想那些赖以生存的
劳动者吧，整天呼吸着饱含高浓度毒素的恶臭空气。所以，你
也知道，他们雇用摩洛哥移民，胁迫这些人滞留在这儿。没人
操心这些人的呼吸道。"何塞·路易斯打开题为《暖棚承包
商对环境及人类的破坏》的目录，大谈特谈空农药罐的妙用，
塑料暖棚导致犯罪率的蹿升，等等。最后他表示，必须警惕这
污秽的塑料之海不久便可能入侵阿尔普哈拉斯。

何塞·路易斯正说得兴起，痛陈这场灭顶之灾，哪怕当地赢得了经济利益。相较而言，我们的危机——令我们如临大敌的水坝，便不值一提。我甚至不忍打断他的谈话。不过，他已得知我们在马拉加的遭遇，并希望了解每个细节。

"呃……不如你看一眼这个？"我满心歉意地开口，递上一张纸，放在桌子上他的烟灰缸旁。

"什么鬼东西？"他问道，在烟雾缭绕中凑近盯着看了半天，"在我看来，这好像是水族馆的设计图。"

其实，这是我画的水坝简图，是在水资源联合会时我们从文件夹里发现的那张。

"这是那座水坝。"

"哦，是嘛。这水坝究竟打算建在哪儿？"

"就在我们上游，靠近埃尔格拉纳迪诺。"

何塞·路易斯吹走纸上落着的一点烟灰，眯着眼睛研究了一番："继续，说说你知道的一切。"

于是，我原原本本地讲述了一遍，水坝是怎么回事，我们发现的经过，以及那两位粗花呢先生说了什么。

何塞·路易斯皱起眉头："这么说，你们，估计有不少人，会丢失相当一部分农田，并且可能彻底摧毁山谷的整个生态系统。"

"正是如此。"

"嗯，那么，我们该行动了，不是么？"

　　在安达卢西亚，对抗环境威胁或其他侵犯公共利益的行为，首选方案是办个聚会。如此，必定事半功倍，可以筹款，可以唤起公众意识，最后人人都能玩得开心。

　　一旦何塞·路易斯接手某个案子，环保团体便第一时间开始行动。聚会委员会已组成；日期、地点均已确定，海报也印刷完毕并四处分发；啤酒、葡萄酒与堆成山的菜已订购；愿意免费演出的乐师也已预约。集会的地点虽不是生态环保链上的一环塔夫洛内斯水泥厂，却是塔夫洛内斯惟一一块"平地"。时间定于八月中旬的一个星期六。

　　那个夜晚星光熠熠，热浪滚滚，一如八月的每一夜。安娜出售食品与饮料券，而我摆了个烤串铺子。葡萄酒不是极品，但夜晚的热度与户外烧烤如同干柴烈火，燃起熊熊烈焰，人人恨不得泡在酒水里。我一次又一次地喝尽纸杯，与对面的阿布·贝克尔速率一致。而此人正在为穆斯林准备的清真食品摊前咕嘟咕嘟地灌薄荷茶。

　　我为自己的烤串铺子特意准备了一种异域风味的酱汁，由姜、蒜、洋葱、辣椒、酱油、蜂蜜和雪利酒调成，只是味道远不如自己的预期。尽管如此，大多数用餐者却喝得太多，压根尝不出来。

夜幕降临，一个由西班牙人、德国人及一名法国主唱凑成的古巴乐队率先登场。主唱的嗓音颇似比莉·荷莉戴[①]。他们的音乐和晚会很搭调，只可惜现场几乎听不见，因为负责音响设备的工作人员还没出现。不过，这个夜晚依然充满活力。午夜过后，阵势扩大，狂欢者从阿尔普哈拉斯各个角落涌来，有人甚至来自莫特里尔与格拉纳达！

人山人海中，何塞·路易斯用肩膀顶开一条路，纵声大笑，重拳捶击人们的背，以此来打招呼，所过之处喷洒出一地的猪肉渣与葡萄酒。贝斯与鼓的骤然轰响拉开了下一场演出的序幕，何塞·路易斯呼喊道："这里足有一千人，说不定已经两千了！"

一个敲击金属[②]乐队登上舞台，成员是何塞·路易斯的水管工学生。他们绝对是"安达卢西亚地区最烂乐队"名誉称号的有力竞争者。主唱在舞台上活蹦乱跳，扯着嗓子吼不知所云的歌词，毫不在意现场的嘈杂。众人逐渐招架不住，甚至坚不可摧的西班牙人民——他们能在飓风中安然聊天——似乎都对

①　Billie Holiday，1915 年 4 月 7 日—1959 年 7 月 17 日，美国爵士歌手及作曲家。

②　Thrash Metal，或称激流金属，属于重金属音乐的一分支。

扬声器退避三舍。但该乐队正渐入佳境，估计也赶不下台。好
歹不知谁灵感乍现，中止了演出，众人齐声长叹。

安娜突然跑来要一份烤串，容光焕发。"成果不错啊，是
不是？"她说，"这儿至少有五百号人！开门红！"

而我的回答却被麦克风传来的一声可怕的尖锐嚎叫化为无
形——何塞·路易斯发言了。

"朋友们！同志们！"他吼道，"我们为何今夜聚集在
此？我们聚集在此，是为了拯救阿尔普哈拉斯！"狂欢的人群
中发出一阵高呼。"我们聚集在此，是为了从鲨鱼和秃鹫手
中拯救阿尔普哈拉斯！"欢呼一阵压过一阵，"从投机者与
地产商手中！从冷血的实业家手中！那些人，企图摧毁我们
山区！"

何塞·路易斯对此驾轻就熟，他的演讲才能浑然天成。群
情激昂！这就是阿尔普哈拉斯的居民，大部分在场者的生活状
态如下：无政府主义者、艺术家、江湖郎中、草药师、冥想
者、纯素食主义者、蛋奶素食主义者，诸如此类；其间混杂着
零星几个光头党和街头混混。星期六的夜晚，他们冲着重金属
乐和烧烤而来，现场其乐融融。何塞·路易斯盘腿坐下，开始
慷慨陈词，痛斥阿尔普哈拉斯环境的破坏者——水坝、沥青
厂、河流管道。人群中的牢骚汇聚成咆哮，拳头伸向天空。此
情此景，秃鹫与鲨鱼哪能敌得上！

人群还在膨胀，烧烤供不应求，连我这东方口味的烧烤大伙儿都狼吞虎咽。自吧台泼酒而出的葡萄酒、啤酒和自由古巴①，不计其数。透过烧烤的烟熏火燎，我给了安娜一个呆头呆脑的笑脸。本人属于沾点葡萄酒就会醉的那一小撮人，不过当前进展顺利，何不享受这美妙时光。一支本地雷鬼乐队正在表演，闪烁的灯光照亮了舞者脚下的滚滚尘烟。我踉踉跄跄地穿过人群，在快速的乐曲声中带着安娜旋转、跳跃，挥动胳膊，东倒西歪。

        · · · · · · ·

付完账单，聚会果真有微薄的盈利！科莱·蒂沃着手利用这笔资金，制作宣传册及海报，标语醒目"灌溉渠YES！堤坝NO！"嗯，用西班牙语念起来还挺押韵。这帮行动主义者确信，阿尔普哈拉斯的每一棵树、每一处标志以及每一座建筑都在与此呼应。

他们还开了会，针对没能来到聚会现场的人，探讨如何提高他们的觉悟。阿尔普哈拉斯另一端的偏远村落里，当地人三三两两地聚集在白杨树与栗子树下，听何塞·路易斯宣讲本地面临的环境危机。的确，有那么几次，村民当即拍案而起，

———————————

① Cuba Libres，鸡尾酒名。

承诺鼎力相助。但大多时候，人们一副事不关己的神情，毕竟距自己的农场和牧场十万八千里呢⋯⋯

我们的乐观主义不可避免地开始消退。秋去冬来，抵制水坝运动也淡了声息。有几个星期，一位专家级律师答应调查此事，希望复燃。但他也实话实说，难从法律上找到站得住脚的疑点。他主张，我们可以不惜重金提起短期诉讼，或许还得担点个人风险。但此举能否有效制止水坝工程，他心里也没底。

而安娜已成为《生态学家》的热心读者。这本西班牙生态运动杂志曾追踪报道纳瓦拉省伊托伊兹一座相仿水坝的进展，正是我们的前车之鉴。该大型工程不得人心，反对者也获得欧洲的强力支持，万不得已的诉讼官司全部打赢，判决终止水坝计划。然而国家竟置法理挑战于不顾，强制继续推进工程。与此同时，将牵涉此事的多位环保人士判以严刑。多明戈的悲观情绪并非毫无缘由，而我们更加无所适从。国家办事，谁敢说三道四？！

我对何塞·路易斯说，既然获胜无望，那就没必要死磕下去了。何塞·路易斯毫不掩饰自己的失望——他导演的剧目里可没这一出！然而，科莱·蒂沃在这场特殊战役中也节节败退，不久他们的资金与活力重新输回抵制塑料暖棚的大战之中。

时至冬日，我和安娜对那座八字还没一撇的水坝已无动于衷。水坝对我们一家的未来无益，对山谷也无益，然而，为了防止鲁乐斯水库被淤泥、漂砾及连根拔起的树木阻塞，不得不建几座河流的淤地坝。倘若进一步论证鲁乐斯工程本身的利害，官方称，利于这座干燥的沿海小镇修建更多吸引旅游者的歌门鬼城^①、高尔夫球场和塑料暖棚。鉴于工程已大致完工，其功效尚处于理论阶段。

生活依然忙忙碌碌。今年橄榄将会大丰收，而橄榄树下却成了荆棘丛，遍布黑莓与多刺石榴的嫩枝。这些都必须及时清除。圣诞节将至，一大群朋友与家人要来住，我们还得在另一栋年久失修的房子里为他们安排好住处。

有那么一些时候，我会撞见安娜凝望着远方，河流与峡谷，熟悉的一草一木。她略带愁容，心事重重。不过，当我们一刻不得闲地干起活来，威胁的阴影便悄然远去……

---

① Gormenghast，源自英国诗人、剧作家兼小说家马文·匹克（Mervyn Peake, 1911-1968）所著小说《歌门鬼城》。该小说 2000 年由英国广播公司 BBC 改编成四集电视剧。

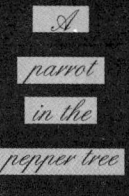

A
parrot
in the
pepper tree

天赐欢愉

今年，我和安娜终于可以张罗一场像模像样的圣诞宴会，这是搬来西班牙后破天荒头一遭！书的版税支票寄来了，我们不禁醺醺然。往年也不乏欢乐时光，只是大多都归功于家人、朋友与邻居的宽宏大量。普天同庆的节日里，他们心惊胆战地过桥，费九牛二虎之力拎来鼓鼓囊囊的大包小包，里面塞满了糖果、火腿、葡萄酒以及为克洛艾准备的小惊喜。我们自然也倾囊回赠，而丁香甜橙的香袋数量有限，一只小袜子抽屉就能盛得下，况且年复一年地送西班牙草①、冰酒套与腌柠檬也不太像话。时来运转，这回我们可以自己付账，给克洛艾买零食，盛情款待我们的朋友，尽地主之谊。总之，我们重权在握！

犹如天上刚刚砸下来的热馅饼，我们二话不说，将以往一年一度缩手缩脚的"低碳圣

① esparto grass，细茎针草。

诞"抛至九霄云外，纵情享受。或许，也该敲醒自己，生活不会永远阳光灿烂，如柠檬般芬芳。我们时常追忆那一年的圣诞节，当时克洛艾刚过完三岁生日，有一次货真价实的乌龙圣诞。

那一年旱得不寻常。秋老虎威力难当，整座村庄都打了蔫。每一天，我们仰起脸，蓝天如一枚倒扣的瓷碗，天幕间贸然现身的每一丝雾霭、每一缕薄云都是我们的救命稻草，然而它们转眼了无痕迹。终于，某一日，风云突变，大雨倾盆。我们如释重负，冲出门在雨水里淋个痛快。我们托起克洛艾，细密的水珠滴在她的身上，缀在我们的头发上，她满脸惊奇。

整个山谷升腾起湿漉漉的尘土与松树混合的清香，奄奄一息的树木重现生机，雨水洗净了枝叶上的灰尘，愈发青翠欲滴。河里的涓涓细水迅速涨成咆哮的激流，甚至鸟儿都心情欢畅，扑啦啦飞来飞去，叽叽喳喳，啾啾呖呖，百鸟争鸣，好不快活！

然而，自那日起，雨下个不停。整个阿尔普哈拉斯眼见着淹成了一锅粥汤。云雾迷蒙，罩在山谷之上，熟悉的一切隐没其中。桥也一并消失，被冲到了下游。我们与世隔绝，谁也来不了。连续好几日，农庄四周的群山踪影全无，宛如一座孤岛，我们栖身于一片雾霭重重的沼泽地里。

不凑巧，圣诞节就在眼皮子底下。"只剩十天了，"一天早晨，安娜说，"马上又会有一堆哩哩啦啦的音乐狂轰滥炸。"

"一堆什么？"

"哩哩啦啦的音乐——管风琴的圣诞颂歌之类……"安娜解释道，仿佛这是即将到来的冬季里惟一的瑕疵。

房子周围泥泞不堪，地下水位升高，厨房地面积水近8厘米。安娜那端的卧室也难逃一劫，又冷又湿，我们坐立不安，冻得直吸鼻子。

防雨是阿尔普哈拉斯建筑样式的软肋。我们时常交流家中水桶的数量——接从屋顶漏下的雨水，这也不失为评判社会地位的有力数据。有一天，我数了数，屋里四下竟有23只容器，有水桶、碗、铁皮罐头，外加木盆。到了晚间，愈发不可收拾。容器一满，我们其中一人或一条狗便会不慎撞上，一罐子泥水泼洒得到处都是。意外频频发生，而太阳能供电系统也运转不力，我们如同幽灵般在灰蒙蒙的昏暗里、几只蜡烛头微茫茫的光亮中走来走去。潮湿的黑色木头点起火，满屋子烟熏火燎，火苗单薄却张牙舞爪。

"嗯，那还算过得去。"后来贝尔纳多告诉我，"我们屋顶也漏水，有一处正在床中央，没办法，我只好抱着水桶睡觉。你看，就像这样……"说着，他模拟捧着一只水桶放在自己胸上，试图扶稳端平，"而且，每小时起身去浴室倒水一次。"贝尔纳多的忍耐力英勇无敌，相形之下自己的表现顿时黯然失色，我自愧不如。

如此过了好几个星期，屋中日日滴水，屋外的雾霭与雨水从未退散。担心克洛艾淋湿，我们哄她入睡，或者自己坐在潮湿的地方，借着烛光给她讲故事、煎薄饼，但我们也渐渐打不起精神来。"天色好歹亮了一点点！"每天早晨，我透过滴着水的窗户，望着那片不屈不挠的云海，总会向众人宣告。其实，连我也没了信心。

那时，我思忖着，有钱才有招，哪怕搬去一所干燥的旅馆。然而现实摆在面前，我们连桥都过不了。事实上，哪儿还有桥啊……即便成功过河，哪家旅馆愿意收留我们以及我们的大批随从——狗群、猫群、羊群，外加一窝小鸡崽？不，这条路走不通！况且，我们也没钱，此刻我们手头不超过几百比塞塔。

不至于彻底破产，毕竟有潜在收入，如放羊补贴、卖小羊羔、出租度假屋，怎奈现时现地无一能救急。我没忘去清点家当，汽车里满满一箱汽油，还有一麻袋洋葱、一麻袋土豆。而土豆根须盘缠，在贮藏室里长成难以穿越的灌木丛林。塑料圆桶里有50升橄榄油，还有一个月的家禽饲料，一些蔬菜在菜园里负隅顽抗。对了，还有一大堆橄榄以及果实累累的橘树。饿不死，只是没有现金过圣诞。

最棘手的是没有电。日头总也不露脸，太阳能电池充不了电，整日阴冷而昏暗，我们束手无策，甚至不能在黑暗中听音乐或故事的录音带。没错，我还有把吉他，可谁还有闲情去弹啊。况且安娜与克洛艾也没闲情听。我们只盼着围一团熊熊烈火过圣诞节。然而双脚陷在长筒雨靴里，坐在木头椅子上（泡沫橡胶沙发根本就是一块吸水海绵），浸湿的壁炉里冒出浓烟呛得我们几乎窒息。希望渺茫。

"别担心，"我说，"会好起来的。"安娜丢过来史上最具杀伤力的一瞥，连克洛艾的脸色都蒙上了将信将疑的阴影。

幸而，此地并未真正遗世独立。我们安装了绳索与滑轮——取名"飞狐"——过河，以便临时有事进城。圣诞节前几日，我荡过去，走到镇上，搜罗了一些特价品，顺带去查看邮局的信箱。

信箱里散落着家人和朋友寄来的信件与明信片，还有一封薄薄的航空信，来自佛罗里达，信封背面的落款是我母亲一位美国朋友的名字。我一直称她姨妈，但从不认为她是我的远房表亲，上回见面的时候我还在上学。我打开信封，有件绿色物品飘落在街上，是一张一百美元的钞票。道恩姨妈听说我们勉强度日，生计艰难，希望这笔现金能派得上用场。

回过神来，我匆忙挑了一张全奥尔希瓦最漂亮的圣诞卡寄给道恩姨妈，同时体味着人生中的非凡时刻，反复掂量着这笔意外之财。明摆着，我该去买个电池充电器，一个强有力的大家伙，能与我们的发电机相配套。如此一来，圣诞节便有了哩哩啦啦的音乐，还有电灯，喜从天降！我曾在格拉纳达看到过一个充电器，应当正合适，估计一百美元绰绰有余。

第二天是圣诞前夜。天没亮，我顶着疾风骤雨往格拉纳达跋涉而去。我们的旧路虎①黑贝丝停在后山一处貌似安全的地方，是出门必经之路，从家走上去要一个半小时。我带着一把雨伞与一只背包，翻山越岭，曲折迂回，一路大雨滂沱。

走到车前，我已成落汤鸡，每走一步，靴子里便水花四溅，甚至找不出一件干燥之物来擦眼镜。黑贝丝嘎啦嘎啦地发动起来，我们穿过松林。雨停了，坚不可摧的云层扩散、消逝，继而化为无形。一个小时后，我停车梅西纳丰达勒斯，向

---

① Land Rover, 全地形车辆和 SUV 汽车生产商。

一位朋友借几件干衣服。那时，太阳的烈焰从天而降，万物复苏，蒸气升腾，暖洋洋，光灿灿。

到了格拉纳达，天空故态复萌，召集了增援部队，滚滚洪流冲洗着城市。然而，我身揣重金，神采奕奕，昂首阔步，买下那只充电器。才12000比塞塔，简直走了狗屎运！余下的钱足够买些不常见的东西尝尝鲜，或者买只银勺挂在起居室一角滴滴答答淌着水的圣诞树那地中海白松树树枝上。

我走进一家商店，挑了两瓶上好的红葡萄酒，一些圣诞树装饰巧克力，外加两只山鸡。本地区少有山鸡，这回正可打个牙祭。算起来，自打住在英格兰南部某双行道边一栋宿舍小楼的时候起，圣诞节就没出现过山鸡。在那儿，安娜有位爱慕者是猎场看守，有时为了表示无望的爱恋，他在门廊系上猎回来的鸟。顶着暮色回到家，会一头撞上挂在大门旁那棵丁香树上的山鸡，翅膀拍打着我们的脸。一顿顿饕餮大餐持续到它们再也不见踪迹。

从格拉纳达返程，我驾着黑贝丝一路雨水飞溅地回到阿尔普哈拉斯。小块挡风玻璃弱不禁风，雨刷器已经疲于应付；加热器不久便举了白旗，放弃对抗水汽迷蒙的窗户。汽车嘎啦嘎拉乱响，橡胶嘶嘶地摩擦着路面，加热器无效地轰鸣，雨水敲打在车顶……它们俨然在密谋，一到圣栎树便将我的意志力摧垮。这棵圣栎树标志着其后的道路不再舒坦。我停下车，关掉发动机，在无声的黑暗中闭上了眼睛：克洛艾与安娜，她们正在阴沉沉的家中，在我身下的深谷里……我难以自持，坠入睡梦之中。

醒来的时候，万籁俱静。雨不再狂敲车顶，半个月亮与金星携手穿越层层急云，驶向天幕。充电器又大又沉，我像一名水手那样捆在背包外，举起来驮在背上，山鸡担在肩膀上，向着遥远的山下出发。起初我迈步有力，没几分钟便只能龟速前进了。每走一步，最轻微的颠簸或震动都可能将充电器尖利的钢制外壳撞碎，碎片直袭我的后臀。下山的路走了一个半小时，路况之恶劣非同寻常，稍好的地段也高低不平，雨水的冲刷下沟壑纵横，散落着泥石流冲下的大岩石。

山鸡无奈地扑扇着翅膀，充电器将我的皮肉擦伤，但今晚夜色美好！终于抵达山顶时，我不由停下了脚步。黑魆魆的山谷，深不可测，遥不可及，两条河流如同熔化的银水自埃尔格拉纳迪诺峡谷奔腾而下，冲过提克拉斯的肥沃平原，直到七孔桥。蹲在一块岩石旁，卸下重担，肩膀霎时火辣辣。我屏息凝神，寂静之中传来遥远的水流声。猛然，似乎某种大型生物一阵风般疾驰而过。我站起来，惶恐万分，挣扎着，战栗着。环顾四下，一只野猪屁股消失在灌木丛中，刚刚近在咫尺，我几乎能感觉到它呼出的热气。

战战兢兢地蹭下山，又花了一个小时。我吹了声口哨，犬吠声四起。它们冲上来迎接我，摇头摆尾，露出天真的喜悦。一起来到屋前，我用绳拴住山鸡的脖子挂在门廊上——山鸡的下场通常如此，把充电器放在棚屋里，准备圣诞当日接上。我、安娜和克洛艾，三人的圣诞前夜宁静如常。我们穿着长筒雨靴僵直地坐在木头椅子上，打开贺卡，念一封封来信；狂吃巧克力装饰物，让它根本没机会在松树枝上亮相。

第二天我们起晚了，然后，哦，圣诞奇迹：天空晴朗，阳光普照，孔特拉维耶萨的每一座山谷都金光闪闪，碧波荡漾。给克洛艾送礼物的时候我心潮澎湃，尽管那不过是我匆匆手工赶制的一张洋娃娃的小床，白色木头做成，床头板上描绘了柔美的花朵图案，安娜做了配套的床单、毯子和枕头。克洛艾心花怒放，并且我俩还设法避免床单与毯子淋湿。依传统还有袜子里的礼物，安娜特意装饰一番，银纸包裹着一两只橘子、几粒杏仁、一些无花果、几颗糖果，外加一片木炭，仅此而已……其实，讨孩子的欢心用不着花多少钱。圣诞的重头戏来了，盛宴在眼前，有葡萄酒、充电器。我顿时喜气洋洋。

我肝肠寸断，步履艰难地去为我们的发电系统接充电器。结果，根本没用，型号不对，或者我买到的是废品。

不过，葡萄酒倒没一同下狗肚。安娜用大量金银丝织物给狗打扮，我们用鸡蛋与土豆填饱肚子当作午餐，然后走出门，坐在河边，沐浴在阳光里。这就是我的乌龙圣诞节！

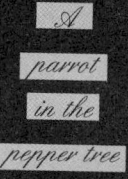

A
parrot
in the
pepper tree

山 上 一 夜

内华达山脉的最高峰穆拉森峰是整个伊比利亚半岛的最高点，海拔3450米处是羊吃草的地方，语出羊羔一词。昔日，一只小羊羔在这一带的高山草甸上度过一个夏季，啃食甜美的青草。

山峰西南侧有十余座羊吃草的地方，每座都是巨大的碗状水草甸，围着岩墙，瀑布滚滚，串起上上下下的草甸。草甸上各元素搭配不一。有些瀑布径直落入泻湖，化为两三条溪水，潺潺蜿蜒过草丛，在草甸边缘飞流直下，降至下一层草甸。而另一些草甸上泻湖在中央地带，一弯河水奔流而来，浇灌滋养，继而奔流而去，甚至有一处草甸敞开整片陡坡迎接它的瀑布。

这片草甸群无一例外，幽静安适，青草润泽丰美，水流澄澈明净，如同天上来。然而，八月一到，高山上的水源干涸，高地植被也陆续枯萎。周边的植被最先打蔫、干瘪，继而向中央蔓延，末了仅剩泻湖四周一圈稀稀落落的绿色；除此之外，别无他物。泻湖里的水都在夏日的阳光下蒸发到了空中，湖底的石头一览无余。秋雨洒落，羊吃草的地方复苏，正可赶上深达几米的大雪，青草躺在雪下等候下一个夏季来临。

羊吃草的地方最佳游览季是五月底至六月底，那是内华达高原的春天，美景稍纵即逝，愈发勾人心魂。六月初，那场水坝聚会后一年左右，我从卡皮莱拉村徒步上山，爬上草甸边缘，不期然倒吸一口气：绿油油的草甸转眼成铺天盖地的灰蓝色，蓝得发亮，蓝得炫目，超脱于通常认知范围内的光谱。内华达龙胆！久闻其名，却是第一次亲眼见到。盛开的花朵分为两类：深青幽蓝的春花龙胆与纤细冷艳的高山龙胆。

人间仙境！勾魂摄魄的龙胆花！我恨不得马上告知全天下。下山路上，我琢磨着如何怂恿安娜与克洛艾一同上山。当地人普遍将徒步视为出门的方式，无心体会行走本身的乐趣，她俩也不例外。纵然本人巧舌如簧口吐莲花，能否说服她们在崎岖山路上不打折扣地走六个小时，还是个谜。然而，山间有一片如梦似幻的蓝色龙胆，岂容迟疑！

偏巧克洛艾没空，她和一位同学要去奥尔希瓦过夜。而我的主意却令安娜怦然心动。既然克洛艾不同行，不如两人在外露营一晚。第二天，排除万难，我们兴冲冲地出发了。

花朵与山峦的壮美风景高高在上，我心里却莫名敲起了小鼓。随后路上的辛苦，我恐怕过于轻描淡写。"没那么远，"我向安娜保证，"一点也不陡，况且到了那儿，美景在眼前，路远啦路险啦算得了什么。当然，本来也没什么。"

安娜听着我强调再三，脸上现出狐疑神情。情有可原，毕竟她陪我居无定所地过了近25年！只是，她的怀疑论难免有滥用之嫌。不过我心里有底，一站在草甸上她就会释然：良辰美景，不虚此行，安娜将从中得到欢愉，而我将从她的欢愉之中得到欢愉。这趟旅途不乏象征意义。羊吃草的地方是波克埃拉的发源地，这条河流灌溉我们农庄，提供饮用、梳洗以及浇灌庭院中花朵的泉水。

我们喂饱了狗、猫、鸡、鸽子、马和羊，迫不及待地出了门。鹦鹉洛尔卡跟我们一道出发，栖在安娜肩头。走到河边，她遣它掉头飞了回去。我们钻进车里，前往潘帕奈拉。潘帕奈拉是阿尔普哈拉斯一个高海拔村庄，羊吃草的地方徒步的起点。我们在广场上用咖啡和小圆面包干，状似甜甜圈，貌似诱人，其实不然——补充体力。坐了一个小时，我们的眼光越过教堂塔，望向遥远的贝莱塔峰。我们的目的地不在那儿，但论距离差不多。

两人穿过村中铺着鹅卵石的小巷，沿着陡峭的林间小道来到布比翁村。穿过草甸便是卡皮莱拉，不到两公里，路仍然不好走。卡皮莱拉海拔最高，海平面以上近1300米。抵达该村集市时我气喘吁吁，像一只生了锈的老风箱。安娜坐在长凳上等着我，安详而端庄。可想而知，我当即气不打一处来。"你得学着放慢脚步。"我喘着粗气说道。

"这地方不错，不如今天就待在这儿吧。买买东西？"安娜分明在取笑。我没搭理她，挂上背包，径直往村外走去。又爬了几个小时，穿过松林，走过灌溉渠。烈日当头，一片树荫，甚至哗哗水声都是我们的福音。

后来，我们坐在一棵松树下，从背包里取出水壶，水已经接近沸腾。我们往肚子里塞爬山郊游的标准餐，有火腿、香肠、橄榄、土豆、面包，还有哈尔瓦①、海枣以及三公斤的樱桃可以磨牙。吃罢，我们睡了一觉。

野餐的这棵松树是路上最后一棵。午饭过后，我们走在林木线下。太阳从天顶慢慢下沉，炙烤着我们的左腿、左胳膊与

————————
① 一种由蔗糖、碎芝麻等混合而成的土耳其甜食。

左半边脸。我们认出远处的雷富希奥·德尔波克埃拉。小屋另一边的险峻河谷正是我们去羊吃草的地方的必经之路。

"我们不会一直爬到那儿吧？"安娜问。

"从今天早上出门到现在，除了发牢骚你就不能说点别的？"我话里带刺，纯属无理取闹。其实安娜一整天都在积极地打前锋。

我们沿着又长又陡的斜坡向着安全地带前进，途中也有美妙邂逅——百里香以及植物学家称作"刺猬地带"的刺花开得正盛。我们赶上了好时候，这些低矮的有穗植物俨然一大群刺猬。小径上、山路旁，密集的小花朵攒成一团团粉红与粉白的花球，赏心悦目。安娜显然从没见过这一幕，兴高采烈。我倒是与这些植物打过照面，却愚钝不解风情。眼下花团锦簇，可谓乱花渐欲迷人眼！空中彩蝶翻飞，有些竟大若手掌。每一处水迹上空，一群群小蓝蝶聚成蓝色的云团。我们走近，它们铺满了地面；我们跨过去，成千上万的蝴蝶腾空而起，掀起微型山风。

我朝安娜咧开嘴，安娜也冲我笑了，脸上洋溢着纯粹的喜悦与幸福。一切都值了！尽管我清楚，今晚露营的羊吃草的地方尚在云端，高不可攀。西班牙俗语说道："带朋友去你的秘密仙境，当一次国王！"西班牙语说起来颇有韵律感，言之有理！

几小时后，太阳落到贝莱塔峰后，层层叠叠的阴影挂在山谷间。我和安娜默不作声，披荆斩棘，闷头赶路。徒步已近六小时，超过1.5公里。夜幕降临前必能到达羊吃草的地方。

最后一座山谷，新生的波克埃拉河在岩石与草丛间翻腾。此刻的路况与早晨第一座山毫无分别，陡峭，难走，而我们的精力所剩无几。最终，两人翻过山顶，走到草甸深处。天色已晚，一些龙丹花已经沉睡，花瓣紧紧蜷成一团抵御夜间的寒冷。我和安娜倒在一块岩石上，曝晒一天后石面依然温煦。我们一动不动，直至夜晚冰冷的空气袭来。我打开背包，掏出睡袋、毛衣，还有几瓶水——现在已经冰冰凉，还有食物、一只手电筒、胶布、润肤霜……"润肤霜！润肤霜有鬼用处啊？"

安娜答道，少了润肤霜她就活不下去。

"话是没错，我自认倒霉，傻乎乎地背到这儿来！"

"好啦，那我背下去好了。"她自告奋勇。

我们找到一块柔软的草地，铺下睡袋，摊开疼痛的四肢歇个够。一两个小时，翻来覆去，无休止地寻找舒服的姿势。满月从东方升起，跳出黑色的岩石。我们的小山谷沐浴在清冷的银光之中。我又翻了个身，看着安娜。

"睡着了吗？"

"当然没有！"

我们起身，视线越过草甸边缘。阿尔普哈拉斯躺在月光

下。山谷间薄雾流转，仿佛牛奶之海，而山峦化为黑黝黝的岛
屿，疑似幸福岛①。此情此景隐匿在深不可测的寂静之中，直
到一只狗在这广袤的夜的某处开始吠叫。如同一声召唤，十来
只狗遥相呼应。不一会儿，山谷间吠声回荡。片刻后，寂静偷
袭而归，重新占领了夜。

我们无言相望，不忍呼吸，生怕打破眼前的幻境。安娜开
始微微战栗。

"天哪，想想看，如果我们住在这里……"

我咕噜了一声。如果两人长久朝夕相处，有时候一声咕噜
就是最完美的回答。

我们裹着睡袋。"太美妙了，多大的恩赐啊。"她继续
说道。

我又咕噜了一声，活动活动搭在她肩头的那只几近麻木的
胳膊。

阿尔普哈拉斯的山谷近在身下。转向南方，薄雾之上的黑
暗中，矗立着孔特拉维耶萨与塞拉卢哈尔的巨影。如果视线能
翻过海岸带的群山，就会看到月光洒向遥远的地中海。

"克里斯。"安娜轻声唤道。

我没吱声。

---

① 希腊诗人赫西俄德笔下一个远离人类、远离诸神、位于大地尽头的住
所，那里的人永生不死。

"他们会继续在山谷里建那座水坝，你心里有数，对不对？"

"嗯，"我对着夜色答道，"没错。"

听到水坝的消息以来，第一次放下悬着的那颗心，付诸笑谈。我们聊到深夜，掏心掏肺，一吐为快。两人不谋而合：不到万不得已，我们都将留下，带着克洛艾，哪怕水和泥沙侵蚀了农庄。不论发生什么，我们都会试着去适应。我们已扎根于此，怎可一走了之！

而且，我们有责任留下来，关注着这片土地上的一点一滴，不仅仅是我们的农庄，还有整座山谷，以及广阔的阿尔普哈拉斯。水坝之战我们恐怕已经无望获胜，但我们将与之共存，并学着迎战往后的纷争。

至少，暂时一切如常。我们心照不宣，在西班牙，一切没那么快。

风景固然美不胜收，钻进山区草甸上的一只睡袋里却无论如何睡不着。我们辗转反侧，打着寒战，试图避开耀眼的月光，直到太阳露脸才蒙眬入睡。我们躺着，直到太阳高悬于空，睡袋也有了温度。

我们爬出睡袋，在阳光中眯着眼睛。四周的龙胆花开了，青草藏在团团浓得化不开的深蓝之下。天空一碧如洗，岩石黝黑深邃，深蓝色铺陈开来，清澈的湖水荡漾在草甸中央。醒来疑在另一个世界。

我们说不出话来，深深地呼吸着，不知过了多久才从面前的奇景中回过神来，徐徐回到地球，就着泉水吃着樱桃当早餐。腰酸腿疼，汗流浃背，岂会抱怨，只为了生命中某一天早晨在这样的地方醒来。安娜也这么想。

我们正享受着晴天的温暖，听到窸窸窣窣的声音，碎石下滑，继而是一阵真切的羊铃声。一只绵羊摇摇晃晃地从草甸上方页岩层山坡走下来。它发现我们，停了下来，漠然地与我们对视，蹲下来撒了泡尿。另一只羊出现了，如出一辙。不知为何，绵羊总是如此，看到人便蹲下，除非碰巧是公羊——公羊一般在一旁傻站着，淌着哈喇子。

绵羊一只接一只出现在眼前，不一会儿便聚集了数百只。庞大的羊群滑下岩石，来到草甸上，咩咩叫唤着，羊铃叮叮当当。它们散布开来，把山谷横向挤了个严实。它们畅饮完湖水便开始啃食龙胆草。约莫半小时后，它们收工。地上一朵残花不留，草甸复现翠绿。

那一年，龙胆花倏忽来去，我和安娜成了最后的见证人。我们掉头下山，一路苦苦思索，刚刚这一幕该不会是某种哲学的隐喻……思考无果而终。或许该趁那只该死的食草动物出现前那一眨眼的工夫逮住它!

两人回到潘帕奈拉,找到汽车,炎热的一天也过了大半。我们疲惫不堪,下山途中一直无话,每走一步,灼痛都敲击着膝盖与大腿肌肉。开回山谷,我们留意到河床上升起一团尘雾,伴随着重型机械的轰鸣声。

桥边,我们停下车等着多明戈的羊群过河,多明戈在桥另一端一只只地清点着。

"山谷里有台机器,"他嚷道,"埃尔格拉纳迪诺来的。他们开始建水坝了!"

A
parrot
in the
pepper tree

池塘人生

第二天一早，我们前往埃尔格拉纳迪诺，去亲眼看一看河床上机器的作业现场。那日，酷热难当，没有风。峡谷附近倒总有一丝凉意，走近红色高崖，凉气扑面而来。我们翻过一堆石块。"上帝！看那儿！你看！"安娜惊呼。一台重型黄色挖土机正躺在崖壁下。机器饥不择食，一旁的崖壁已然面目全非，骨架毕露。山基凿得空空荡荡，宛如一只蛀牙上的空洞。

触目惊心，我们一言不发，还能说什么？蓄意的暴力恶行，贸然入侵原本清静的山谷，从此河滩凌乱不堪，漂砾遍地。曾经的世外桃源……夏日的夜晚我们常下山在此乘凉，看着燕子和蝙蝠掠过，落在河面上喝水。我们慢慢走回上游，脑中一片空白。

回到农庄，突遇特雷夫，他正忙着来来回回搬运软管。那座游泳池，我们已经很久没正儿八经地干活了，这时他重新现身，我们一时摸不着头脑。

"早晨好，艺术家。"我说，语调竟轻松愉快，"别告诉我你真的打算往游泳池里灌水……"

"否则我用这些软管干吗？"他干巴巴地答道，将软管的一端塞进鱼塘边的两块石头中间。

"哦，我倒有兴趣看看水塘能不能赶在河里的淤泥灌满山谷之前灌满水。"我阴沉地说道。

特雷夫打量着我："这么说话可不是你的风格。"

"不能怪我。我和安娜刚在下面看到水坝工程，明摆着，开工了！"

"克里斯，你当真以为这么大的山谷会在你的有生之年被填满？埋到羊圈的泥沙量如果铺在路上也快到托尔比斯康了。"托尔比斯康是上游距此六公里的村庄。

"你果真这么认为？英雄所见略同。只是其他人不把我的意见当回事。"

"瞧，"特雷夫坐在我身边，"我也在电脑上计算过这些河谷的容量。当然，这种计算毫无意义，没人能提出精确的实际数据。但据我估测，埋到我们现在坐的这个位置，泥沙量将会达到数十亿立方米。所以，在你有生之年，淹没河滩的可能性都微乎其微。所以，真的不必担心。"

特雷夫一席话实属老调重弹。徒增水坝烦扰后的这几个月，他翻来覆去说的无外乎这些。然而，不知为何，今天却出其不意地激起了共鸣，深慰我心。我冲特雷夫笑了笑："也许你说得对，我们不该庸人自扰。"说着，转向游泳池，"那么，我们终于可以在里面游泳了……真不敢相信。"

"换作我的话，就没那么兴奋了……"

"为什么？什么时候能灌满水？"

"椭圆形水池，台阶逐层增宽，考虑到浅滩与深池之间的倾斜角度，再加上水流速缓慢，算一分钟十一升，蒸发一些，那么，至少得九天……"特雷夫停下来摩挲着鼻子，"前提是这些水不能作其他任何用处。"

我们望着涓涓细流漫过生态体的砖地。流量如此微弱，似乎得等到地老天荒。

❦

正如马诺洛当初所言，这一带的人们建游泳池，通常两个星期不到就能下水。可不像我们的生态体工程（为了游个泳），修了十二个月，至今仍未完工。特雷夫还在设计水车，尽管目前他已经装配了一只审美上不过关且效率低得多的水泵。

这个冒傻气的项目初始，我正干劲十足，克洛艾和安娜便一如既往地不忘泼凉水。拖拖拉拉几个月，我们等着一种又一种关键零件或材料运来，工程进度与计划差了一大截。她们暗示我笨头笨脑，被建筑师和他所谓的设计灌了迷魂汤。接着得知水坝的消息，连我自己都开始认为生态游泳池纯粹出于一时脑热，费财费心。好几个星期，我绕道走，远远避开那一片疑似打入冷宫的区域，不愿承认这项生态工程可能化为海市蜃楼。但特雷夫出现了，我们晃荡着腿，坐在混凝土水潭上。他第一百次解释容量与起重力的运算，还讲游泳池实际结构的微妙复杂性。我重拾信心，为水池的简单之美而心醉。即将入驻滤池的生物与其浑然一体，如有：鱼群，岩石与芦苇，百合花，丝绒般的黑蜻蜓，划蝽与蝌蚪，细长的小水蛇。

每天早晨，我鬼鬼祟祟地去瞅一眼，却分辨不出水位是否确实在上涨。特雷夫则带着水准仪与卷尺或者计算尺四处溜达，向我保证进展一如他的计算。九日后，那天早晨，水满了，沿着边缘溢出洒落，顺着石头沟渠，流过层层石块，如瀑布般冲入鱼塘，惊起鱼跃一片。特雷夫若有所思地望着，摩挲着一侧鼻梁。

"上帝，特雷夫！成功了！看，全是水，运转正常！太不可思议了！"

"不，"特雷夫说，"不完全对。水在沟渠中流速过快，紫外线净化过程的效果得打个折扣，必须将水平线抬高少许。"

"嗯，真可惜……不过在我眼里没什么问题！"

"不，不过眼下还凑合。我明天去英格兰，回来解决问题。"

"你去英格兰干吗？"

"念一个课程。"

"哪一类？"

"个人发展——之类。"特雷夫多少有点闪烁其词。

"什么时候回来？"

"至少去一个月。"

"一个月！那怎么行？！游泳池还没完工呢！"

"没问题，这个夏天能应付得过去。"

"要是出了问题怎么办？"

"不会出问题，我心里有数。我已经计算过了。"

"见鬼！特雷夫，你胆子太大了，工程还没完就开溜！"

"想想看，不说别的，这个夏天能有一座游泳池完全属于你自己，没有我一天到晚总在眼前晃来晃去，不是更好？而且，明天我非得走不可，否则课程就赶不上了。我可不想再错过这回……"

"也行。到底是什么课程？"

特雷夫全神贯注地盯着水平仪中的气泡。

于是特雷夫去了约克郡，丢下崭新的游泳池，任我们在清亮亮的水里自由地游来荡去。

"瞧，"我对安娜说，"清澈见底！"

"嗯，"她说，"看到了。"

然而，第二天，池底却消失得无影无踪。"现在一点都看不见底了！"克洛艾观察着。

"是，我知道，这也很正常。况且，色泽微绿的水别有风味，不是吗？"

克洛艾和安娜不置可否。第二天，低处的一大批台阶也随池底而去。

"我觉得这样一来有几分像森林中的池塘，是不是感觉更妙？"我如此回应指责。

然而，又过了几天，森林中的池塘煮成了一锅大酱清汤，池水以惊人之势增稠转绿，到了周末，浓缩成混浊的绿泥，散发着恶臭，表面浮着一层黏糊糊的污物。游泳池里只剩我自己。

"喂，克里斯，别这样，太恶心了！"

"我承认，的确让人倒胃口。不过，我觉得今天干净了一丁点。错不了，第二级台阶现身了。"

整整一周我竭力给自己打气。黏液的出现说明整个系统的失败，尽管据我所知，各要素运转正常。每一天阳光全天候为电动泵提供电力，水顺利汲至砂滤器，以正常速率渗透沙石，回到池底，在此启动循环系统。池底水升至顶部，水层经太阳紫外线透射后分为细流，淌下石头垒成的通道，涌入鱼池。鱼群迫不及待地吞吃着水藻以及其他危害水质清洁度的生物体。一切似乎运转正常。那么，哪里出了问题？

愤怒的星星之火正待在体内燎原。这个游泳池工程从头至尾就是一团糟，一个败笔。我上当了，被当猴耍了！我和家人凄凉地站在污浊不堪的池水旁，连脏兮兮的河马都不愿意进去打个滚，而令人作呕的局面的始作俑者却跑去北英格兰。太让人窝火了！我霎时羞愧难当。我过于信任他对水坝的预测，此人根本一无所知！

我决定给特雷夫打电话，当场讲个明白。

"料想会有这种事？什么意思？"他一接电话我就冲头冲脑地来了一句。

"我就是指，水流正处于这种阶段……"

"喂，特雷夫，我不是不讲道理，但确实认为有必要再问一句……"

"冷静下来听我说……"他临阵不乱。我没料到他竟能稳得住阵脚，顿时有点泄气。"你知道，这些都是工程周期的一部分。过了这个污浊阶段水就会变清。我知道进展如何。无论如何，千万别换水，否则还得全盘重来。走近了看，你就会发现水在逐步净化。这个过程需要大概一个星期的时间。"

"这样啊……那好吧。喂，你那课程怎么样了？"

我丢下话筒。一个星期后，池底重现，甚至能辨认出砖与砖之间的接缝。不久，水质澄清如初。鱼群肥硕如球，藻丝积了污物，但生态体中的水洁净如空气——呃，好吧，近似。我乐坏了，甚至给特雷夫挂电话，告诉他事实完全如他所说，运转正常了。"早告诉过你！"他说。我还能指望他说什么呢……

水泵自顾自地嗡嗡低鸣，太阳能追踪器跟随着太阳；阳光洒在石头上，剿灭危害细菌的百万大军。滤池中的鱼吞下误打误撞入它们生活轨道的任何物体。这些是鲤鱼，后来才得知，它们是鱼世界中的山羊，无益于我们的生态系统。鲤鱼什么都吃，如蝌蚪、幼蛙、划蝽、蜻蜓等等；可能的话，估计它们连活人也能囫囵吞下去。

我们又买了五条幼鲤与起初的两条大鲤做伴。鱼店里的人打消我们的疑虑，说这回没事，鱼绝对不会吃自身物种。

然而，一天之内，小鱼连骨头都不剩。别再上当了，鲤鱼是
煞星！

生态体终究出现了计算之外的变故，我们本该防患于未
然。池塘成了青蛙的天堂，责任多少在我们自己。我们帮克洛
艾从河床上提了一桶蝌蚪，动了心思，觉得池里有一两只青蛙
也不错。然而，不论池塘里有何种养分，青蛙都不挑，一眨
眼，数量濒临极限。它们不得不派遣侦察兵打探其他水源地，
以便开拓新的殖民地。往西南方向前进的分队长途跋涉后抵达
河边，河流怎会是青蛙的可靠栖息地？！往东北方向的分队不
久便打道回府，带回消息称，四步跳之内就是一片宏大辽阔的
水域，晶莹透明，波澜不兴，现在攻下正是大好时机。

现在，我毫不介意与十来只青蛙同池共泳。它们总藏着，
哪怕二十只青蛙也尚可忍受，只是我在这儿成了少数民族……
然而，没过多久，我开始担心游泳池将会变成青蛙的海洋，它
们呱呱叫着，繁衍生息。后果严重，但我们束手无策。利用某
些化学品摧毁其活力也算不得好主意，因为游泳池的宗旨是无
化学成分，生态和谐。这是毋庸赘言的！况且，对青蛙具杀伤
力的化学品估计对游泳者也不会有什么益处。压力之下，我不
得不每天花数小时驱逐青蛙与蝌蚪。

自然，捕蛙也颇具趣味，是一项高级技术活。青蛙动作极
快，不能直接用网兜上来。再说，谁乐意回到那个脏兮兮的小

破湖？！我好容易捉住一只遣送回它们的领地，一眨眼便掉转
方向，一跃而归。

　　我们干瞪着眼。我在电话里提及自己的忧虑时，特雷夫无
奈地叹着气，仿佛恨铁不成钢。"不就是水里几只青蛙嘛！瞧
瞧它们多漂亮，游泳姿势多么优雅。懂我的意思吗，老兄？看
在上帝的份上，那儿也不是里兹大饭店……"接着他再度安抚
我的焦虑：控制鲤鱼的数量倒不在话下。

　　而克洛艾呢，不用说，有了这座游泳池后欢天喜地。在长
长的夏日，她和朋友们嬉水，在植物丛中跑进跑出，和青蛙一
起扑通一声跳入池塘中。倘若骤然一声尖叫，那必定是洛尔卡
驾到，占领它的游泳常规栖息地——安娜的头顶。安娜小心地
四处游动，它则岿然不动。

　　游泳池灌满后没多久，一日，我浮游在水面上，视线穿过
山谷望向远方。安娜小心翼翼地带着洛尔卡游过来。下方，河
流蜿蜒，从容流淌，依那速度，估计它的泥沙埋掉我们的房子
需要花上一千年。

　　"你知道吗，"我对安娜说，"毕竟，特雷夫的话是对的。"

　　"嗯，水车建好运转起来就更好了。"她答道。

"不是，我是说他对水坝还有河滩水平面的推测。我的确相信他说得没错。你知道，农庄没事，山谷也没事，对不对？"

安娜耸耸肩："时间会证明一切。"说着，她缓缓没入水下。洛尔卡一边高声抗议，一边扑棱棱地飞跑。

蛙群躲在池塘中植物丛的最深处，放开嗓门，"呱"一声，嘹亮地冲入温暖的夜空。